Los amores de Giovanna

Ladimir Luiz Marchioretto

Contenido

Sinopsis

La sexy y aparentemente frágil Giovanna tenía veintidós años de edad y hace poco más de un año mantenía un ardiente romance con Adriano, un hombre casado con casi el doble de su edad.

Sin embargo, por más que lo amase y se sintiese feliz a su lado en las pocas oportunidades en que conseguía un tiempo para quedarse con el amante, ella no conseguía librarse de la influencia enfermiza ejercida por un ex novio.

Claudio solo reaparecía cuando estaba terminando el dinero obtenido con varios golpes, que casi siempre envolvían el cuerpo y la sensualidad de Giovanna para distraer a hombres ricos y satisfacer los gastos excesivos del chico soltro que la dominaba tanto de forma física, como emocional y sexualmente.

Después de haber ayudado a su ex novio desde que se conocieron, hace casi cuatro años, la nueva víctima sería el propio Adriano. Aunque la condición impuesta por la chica para participar de algo que contrariaba todos los sentimientos por el hombre amado fuese su libertad definitiva, aquel no era el mismo deseo de Claudio.

El plan diseñado desde el día en que él se infiltró en una fiesta y presentó a la joven al hombre casado comenzó en los días en que la esposa de Adriano estaba de viaje, ya que el marido prefirió no acompañarla, alegando tener muchos negocios que resolver.

Las cosas se salieron de control en el momento en que Adriano despertaba, después de haber sido dopado por la amante extremadamente angustiada y arrepentida, lo que desencadenaría una serie de eventos imponderables. La agitada madrugada no solo sacaría a un médico de su merecido descanso, sino que afectaría la vida de muchas otras personas.

Los acontecimientos posteriores a aquella noche fatídica serían aún más aterradores, probando de manera cruel el equilibrio emocional de la niña mimada desde la infancia, que se sentía perdida en un mundo para el cual no había sido preparada.

Aún involucrada afectivamente con Claudio, la solitaria Giovanna enfrentará problemas que pondrán en riesgo no solo el suyo, sino los destinos de personas inocentes.

A pesar de un giro que ni ella misma contaba, el deseo de pasar el resto de su vida con Adriano seguía estando profundamente amenazado.

El teléfono sonaba insistentemente en la gran sala desierta de la mansión donde Adriano residía con su esposa y hacía eco por los finos muebles esparcidos por ella. La insistencia ocurría en vano, sin embargo, ya que no había nadie para atenderlo. El sonido estridente del timbre continuaba resonando inútilmente y otra vez era sucedido por la reproducción del mensaje del contestador automático.

- Por favor, deje su nombre y mensaje después del tono.

La hermosa joven que estaba al otro lado de la línea esperaba con mucha ansiedad que el propietario lo atendiese. Inconformada, ella continuaba insistiendo, alimentando la esperanza de que Adriano llegase y finalmente contestase el teléfono.

- Contesta, Adriano, por favor...

La voz ya débil hacía parecer que la vida de Giovanna dependía de aquella conexión. Después de varios intentos fallidos de contactar al amante a través del móvil, ya que el dispositivo parecía estar apagado, ella dejó el teléfono y caminó inconsolable hasta el bar del pequeño apartamento.

Dos cubitos de hielo fueron arrojados impetuosamente al interior de un vaso de vidrio grueso y pesado y luego tapados por dos tragos de un whisky exquisito. Sin más soportar la angustia que la atormentaba desde una tensa conversación mantenida con su ex novio, la rubia no sabía más qué hacer con su vida.

Dividida entre una pasión de poco más de un año por un hombre casado y una vieja y enfermiza relación con Claudio, la joven se derrumbó sobre el sofá de la sala. Mirando por la ventana entreabierta, solo ahora ella percibía que la noche había llegado.

De pasado un poco oscuro, muy cerca de cumplir veintitrés años de edad, Giovanna era del tipo de mujer que atraía la atención de cualquier hombre por donde pasaba. Con cabellos dorados que llegaban a la mitad de la espalda y un rostro muy bonito, ella no necesitaba hacer mucho esfuerzo para agradar o ser notada. Ni siquiera la depresión por la que se encontraba la joven de casi 1,70 metros de altura era suficiente para quitarle la belleza de quien dejó la adolescencia hace pocos años.

También existían otros atributos que hacían de ella una mujer fatal. Una boca sensual, una nariz elegante y una sonrisa sencilla daban un aire de niña a la chica mimada por los padres y por los ex novios. Pocos eran los hombres que no soñaban en llevarla a la cama, incluso por una sola vez en la vida. Ella arrancaba suspiros cuando era vista caminando por las calles o sentada en los bares de clase alta donde, en épocas que quizás no volviesen, pasaba muchos de sus finales de tarde.

Sin embargo, las apariencias podrían engañar fácilmente. Los ojos de un tono marrón bien claro le daban a Giovanna un peligroso aspecto de ingenuidad. La fascinación ejercida sobre los hombres nunca los permitió percibir que su mirada sutil muchas veces estaba buscando algo de lo que pudiese sacar algún provecho, haciendo justicia a las enseñanzas del maestro que tuvo en un pasado no muy lejano.

Colocando el vaso en el suelo, el whisky ya por la mitad, Giovanna ahora usaba un dedo para remover lo que aún quedaba de la bebida y de los cubos de hielo prácticamente derretidos. Acostada en el sofá, la joven afligida exhibía su desnudez provocativa a los ojos ciegos de las paredes del apartamento armoniosamente decorado.

El tintineo de los cubos paró de repente, entonces Giovanna se sentó con poco ánimo, tomó el resto de la bebida favorita en un solo trago y arriesgó otra llamada al mismo número de las otras varias veces. Nuevamente, el teléfono sonó inútilmente en la mansión que estaba al otro lado de la ciudad.

Mientras caminaba desnuda por la sala poco iluminada, cuya cortina tal vez estuviese un poco abierta a propósito, la contestadora otra vez informaba que la persona con quien Giovanna necesitaba urgentemente hablar no estaba

- Por favor, deje su nombre y mensaje después del tono.

La voz de Adriano entraba en sus oídos y aumentaba aún más la situación de fragilidad en la que se encontraba la niña. Las palabras del hombre amado se unían al alcohol, que constantemente dominaba su cerebro, haciendo que se sintiese aún peor.

- Adriano, mi amor... - ella susurró quizás con el resto de las fuerzas, o de conciencia. - Llámame, por favor. Te necesito mucho.

Después de dejar el nuevo mensaje, el teléfono inalámbrico fue apagado y colocado en el estante que estaba al lado del pequeño bar. Mientras tanto, otros dos cubitos de hielo y otras dos copas de whisky llenaban nuevamente el vaso.

La chica desfiló su desnudez explícita por la sala una vez más mientras caminaba hacia el sofá. Ya acostada, mirando vagamente el reloj colocado sobre la estantería, el efecto causado por los tres o cuatro vasos le impedía ver claramente las horas.

El delirio que se aposaba de la joven le daba la impresión de que los punteros saltaban como locos por entre números irreconocibles, transformándose en lanzas luego después. Tales armas apuntaban a su corazón angustiado, amenazaban su vida como los indios cuando atacaban al enemigo que intentase poner en riesgo a sus tribus. El vidrio del reloj se enturbió de repente, entonces la joven cerró los ojos y cayó en una repentina siesta.

Los indígenas furiosos la perseguían por bosques húmedos y oscuros, que estaban llenos de animales feroces y trampas mortales. Las lanzas puntiagudas tocaban la espalda desnuda y hacían que la sangre caliente escurriese por aquella piel suave, pintando de rojo vivo el dorado de sus cabellos. La sangre pronto se solidificaría y su color tomaría un tono oscuro, cuando anunciaría la muerte inminente.

Rodeada, no había nada más que hacer. No había lugar para huir, no había nadie para salvarla. Muchos indios estaban a su alrededor y todos apuntaban las lanzas a la desnudez de Giovanna, a su cuerpo cansado, sudado y ensangrentado. Ella ya no sabía si ellos tenían la intención de matarla con sus armas mortales, o si su deseo era amarla sobre el verde del bosque.

Su teléfono comenzó a sonar, haciendo que ella despertase en un sobresalto, aunque había tardado bastante en darse cuenta de lo que estaba pasando. Dividida entre aquella terrible pesadilla y los pensamientos conflictivos que la atormentaban hace tortuosas horas, la chica miró al aparato que insistía en llamarla.

Levantándose con cierta dificultad, Giovanna finalmente lo atendió. Usando las fuerzas que aún quedaban, la voz ínfima costó para salir de la boca amortiguada por la bebida alcohólica y la angustia. Aun así, fue percibida por quien estaba al otro lado de la línea.

- Hola...

- Y entonces, Giovanna, ¿todo listo para esta noche? - preguntó una fuerte voz masculina.

- ¿Qué? - ella se limitó a preguntar, siendo todo lo que permitía su estado de semiembriaguez.

Claudio fue el novio de Giovanna desde los dieciocho a los veintiún años de edad. A pesar de que el romance ya había terminado, él nunca la dejó en paz. Su voz era una mezcla de ansiedad con el autoritarismo característico de aquel hombre rudo. La pregunta no había sido una petición, sino una orden.

- ¿Qué te pasa, Giovanna? – él preguntó enojado, alzando aún más la voz. ¿Has olvidado lo que habíamos acordado?

Entendiendo finalmente quién estaba telefoneando, la chica vaciló antes de responder, cuando volvió a quedarse dominada por la intranquilidad y el miedo. Había sido así desde el principio de aquella relación, aunque las aventuras sexuales de la pareja de alguna manera compensaban todo el sufrimiento.

- Yo no puedo hacerlo, Claudio. Yo no puedo traicionar a Adriano.

- ¡Tú puedes, sí! - exclamó el hombre exaltado. - ¡Puedes y lo hará! ¡Yo espero una llamada aun esta noche!

Furioso, el ex novio colgó el teléfono, lo que aumentó el grado de nerviosismo de Giovanna. Afligida, la joven comenzó a caminar hacia el cuarto, cuando el aparato tocó otra vez. Otros mil pensamientos malos poblaron su cerebro. ¿Qué quería Claudio esta vez? ¿Ya no bastaba el terror psicológico al que él la sometía continuamente? ¿No era ya suficiente el sacrificio que ella estaba siendo obligada a hacer solo para satisfacer sus deseos codiciosos?

Sin saber si debería o no contestar, la rubia tardó algunos largos segundos en decidirse. Temblando, ella le rogaba que no volviese a ser el ex novio, que una vez más intentaba meter en su cabeza ideas aterradoras, asustadoras.

Se repitió un saludo con la misma inseguridad y temor de antes. Esta vez, sin embargo, no era Claudio, sino Adriano. La voz de Giovanna parecía un poco más fuerte, pero aún estaba cargada de tensión. En una frase susurrada, ella demostró toda la carencia y abandono que estaba sintiendo.

- Te necesito mucho, Adriano.

- Ven aquí, Giovanna, yo estoy solo.

- ¿Ir a tu casa? Pero, y...

- No te preocupes - interrumpió al recién llegado, impidiendo que la frase indeseable fuese concluida. – Tú puedes venir tranquila, nadie nos estorbará.

Tan pronto como colgó el teléfono, el hombre casado borró todos los mensajes que su amante había dejado en el contestador. Era mucho mejor prevenir, ya que él podría enfrentar problemas serios si alguien los escuchase.

Adriano era un hombre de buena estatura y un poco musculoso. El empresario ya había sido mucho más en otra época, cuando aún tenía tiempo para frecuentar gimnasios o correr en parques. Actualmente, viajes de negocios y reuniones interminables acababan por tomar cualquier tiempo libre. Los cabellos negros reflejaban la descendencia italiana. Un poco del acento inconfundible de quien venía del interior aún lo acompañaba y parecía difícil de abandonar.

Habiendo cumplido cuarenta años hace aproximadamente tres meses, la fecha se había conmemorado dos veces. En la tarde de un soleado martes, él se había encontrado con Giovanna. Entre otras cosas, los amantes pasearon de la mano en un parque cercano al lugar donde ella vivía. Al final de la tarde, la rubia le daría dos regalos al cumpleañero. Uno de ellos, evidentemente, era su cuerpo.

Por la noche, el empresario recibió a algunos invitados en su casa. La conmemoración oficial del aniversario, a pesar de las varias botellas de champán y de algunos regalos caros, no fue, sin embargo, más feliz que los acontecimientos de la tarde.

Dejando de lado finalmente el vaso de whisky, la chica un poco más tranquila fue a tomar un baño. Ella necesitaba rehacerse del efecto devastador del alcohol, pero también de la ansiedad que la afligía hace varios días.

No había más lanzas y ni flechas perforando su espalda, ya que los indígenas semidesnudos no la perseguían más en aquel momento. La violencia de los nativos fue reemplazada por un vapor suave, cálido y acogedor. Parecía que las manos suaves de Adriano tocaban su cuerpo y masajeaban su piel bronceada y dulce. Ya no era la sangre que la cubría, sino los besos del hombre amado. El efecto del alcohol ahora era embriagador, tranquilizador.

Casi una hora después, vestida con una sensualidad peculiar y rehecha de todos los recientes temores, la chica llamó a un taxi. Pronto ella tocaría el timbre del portón de una lujosa casa que, situada en uno de los barrios más elegantes de la ciudad, estaba prácticamente escondida en medio de innumerables árboles, con sus ramas amplias y hojas verdes.

La voz robotizada del intercomunicador fue seguida por el zumbido característico de la cerradura eléctrica. El portón pronto se abrió, empujado por la bella joven vestida con una falda y una blusa negras. Giovanna atravesó la larga calzada de piedras cuadradas que, rodeada por un césped bien verde y por flores coloridas, la hacían parecer una princesa.

Feliz y al mismo tiempo ansioso por finalmente verla, Adriano la esperaba ya con la puerta abierta. La sonrisa del dueño de la mansión transformó en poesía el rostro tenso de la bella joven. Los últimos peldaños de la escalera la llevarían a la plena, pero momentánea felicidad. Un fuerte abrazo selló el nuevo encuentro, que fue seguido por un beso largo y apasionado.

Un segundo después, la puerta de madera maciza se cerró para las flores y los árboles del jardín. Giovanna deseó por un instante que ella no se abriese más aquel día, deseó que no se abriese más por toda la eternidad. La chica de veintidós años y el hombre de cuarenta se dirigieron a la sala de visitas y se sentaron en el sofá como si no estuviesen transgrediendo ninguna regla.

- Yo sentí mucha falta de ti, mi amor - ella se desahogó como si exorcizase todos los fantasmas que la persiguieron en los últimos dos días.

- Yo también te extrañé, cariño.

Otro largo beso unió a la pareja ilegítima, cuyos labios no se encontraban desde hacía varios días. Giovanna se entregaba totalmente a Adriano con cada beso que cambiaba. Era como si les quitase la energía para mantenerse viva, como si de aquellos labios ella chupase la savia de la vida. Los besos hacían que la sangre corriese más rápido por sus venas y aumentaba la frecuencia de las palpitaciones de su corazón enamorado.

Ella logró alejar la pesadilla llamada Claudio por algunos instantes. Los besos servían para engañarse y para olvidarse de la presión que el ex novio siempre ejercía. En aquel momento él no existía. La paz reinaba absoluta en el planeta entero – o, al menos, en aquella casa. La vida parecía bella y gratificante. El mundo era armonioso y no había disputas y ni guerras.

Los besos solo eran interrumpidos por murmullos o confesiones apasionadas. A pesar de que Giovanna siempre había demostrado el amor y la atracción física que sentía por el hombre delante de ella, Adriano extrañaba la voracidad con que la chica lo hacía. Sin embargo, ella usaría todas sus fuerzas para no dejar transparentar sus temores.

Las manos de los amantes dejaron de comportarse y no tardaron en entrar en el ritmo de sus besos ávidos. Las manos de Adriano recorrieron el cuerpo de la mujer amada, caricias que fueron correspondidas con la misma intensidad.

El teléfono sonó de repente e interrumpió el frenesí creado por los besos y por la proximidad de sus cuerpos. Como si despertasen de un hermoso sueño para volver a una realidad a veces cruel, el largo beso fue deshecho y los amantes se alejaron automáticamente. El toque insistente del aparato colocado en una mesita al lado del sofá continuaba esparciéndose por la sala muy bien decorada e hizo que se abatiese un clima de súbita ansiedad.

Con las manos temblorosas, Adriano no lo atendió inmediatamente. Cuando finalmente lo hizo, tardó uno o dos segundos en hablar. Tan nerviosa como él, la joven de allí cerca esperaba que la llamada no hubiese sido hecha por Claudio.

Un pálido *hola* se hizo eco por la sala de estar amueblada con un buen gusto del que solo los más privilegiados podrían disfrutar. Cuadros, objetos de arte y un gran reloj de madera tallada fueron testigos y también cómplices del silencio que se inició.

Después de algunos instantes más, Adriano pronunció un segundo *hola*, luego un tercero, hasta que colgó el teléfono. Aún de espaldas para Giovanna, le costó quitar las manos del aparato por imaginar que pronto volvería a tocar. Perturbado, él fue al bar, que estaba en el otro extremo de la sala, entonces colocó whisky en dos vasos. Como de costumbre, el de la chica llevaba dos cubos de hielo. El suyo, por el contrario, generalmente era puro, hábito adquirido en la juventud y aún mantenido después de muchos y muchos litros.

Sin decir nada, el dueño de la casa finalmente se volvió hacia Giovanna, que esperaba con ansiedad y miedo que él se pronunciase acerca de la llamada. Sus ojos encontraron los de ella, pero se desviaron luego después, recorriendo la gran sala en un intento de demostrar una tranquilidad que no se sentía. Sin embargo, él ignoraba que aquel sentimiento también se apoderaba de la amante.

- ¿No era nadie? - preguntó ella cierto tiempo después, esbozando una sonrisa forzada y deseando que Adriano no percibiese el interés.

- Es lo que parece...

Callado, él regresó al sofá y entregó un vaso en las manos de Giovanna, entonces se sentó a su lado. O él tenía algo más de qué preocuparse, o el teléfono mudo lo había dejado muy perturbado.

- Yo me sentía muy triste en casa, Adriano - Giovanna habló después de un tiempo, cuando por fin rompió el silencio mórbido.

- ¿Por qué, amor?

- Realmente quería estar a tu lado, poder hablar contigo.

- Yo también te extrañé, créeme.

Dejando el vaso de whisky en la mesita que componía el conjunto de tapicería, la rubia se giró y se sentó de frente. Mirando en lo profundo de los ojos del hombre un poco más alto, ella lo abrazó de una forma que no siempre lo hacía.

- Te quiero mucho, Adriano. Yo quería poder estar siempre contigo, estar todo el tiempo a tu lado...

- Tú sabes que a mí también me gustaría, pero eso todavía no es posible – él hizo una pausa, le dio un beso en los cabellos de Giovanna, entonces continuó: - Un día, nosotros podremos estar juntos. Entonces, nada nos separará, créeme.

- ¿Tú me lo prometes?

La pregunta dibujó la sonrisa de los últimos minutos e hizo que ambos olvidasen la tensión sentida hace poco. Ahora la expresión de la joven cambiaba radicalmente y se transformaba en provocación, insinuando un deseo que ella no se cansaba de demostrar.

- Lo prometo - la respuesta de Adriano vino justo después de otro beso apasionado.

Giovanna besó los labios del amante, entregando su corazón y todos sus sentimientos al hombre sentado frente a él. A pesar de esto, el tenebroso recuerdo de Claudio no salía de su pensamiento. Ella sabía que tenía la enfermiza necesidad de obedecer las órdenes de su ex novio.

- ¿Pones música para nosotros, amor? - ella susurró al oído cuando no encontró una salida parcial para resolver aquel conflicto.

Adriano caminó hasta el estéreo y eligió uno de sus discos favoritos. Su gusto no era tan diferente del de la mujer que viajaba al exterior y que tenía combinado su regreso a la ciudad y a la mansión para los próximos días. El gusto de la chica que ahora abría apresuradamente la bolsa colocada a su lado era semejante.

Cuando la música comenzó a sonar, el marido de una y amante de otra regresó al sofá. Una fracción de segundo le impidió darse cuenta de que Giovanna había vuelto a soltar la bolsa. Se estaba iniciando el plan articulado por Claudio hace poco más de un año, repasado exhaustivamente en los últimos días aterradores - para ella.

Después de vaciar el vaso, Adriano tomó a Giovanna en los brazos y, al igual que un caballero medieval, llevó a su princesa a la habitación que compartía con Carla - que jamás sospecharía lo que su marido estaba haciendo, donde una cama suave y bien arreglada los esperaba.

Acostándola en la cama con la delicadeza de un hombre enamorado, él besó largamente aquella boca ya anestesiada por el tacto de sus labios y, principalmente, por las varias dosis de whisky ingeridas a lo largo de un día angustioso. Sin la menor prisa, el empresario comenzó a desnudarse fuera de la cama, exponiendo el cuerpo atlético a los ojos marrones de Giovanna, ojos que estaban siempre sedientos de sexo.

La boca de la joven sonreía maliciosamente a cada movimiento hecho por el hombre amado, se deleitaba con cada pieza de ropa tirada al suelo, quedaba cada vez más estimulada a medida que se acercaba el momento en que vería su desnudez, casi alcanzaba el clímax en la inminencia de ser poseída.

Sonriendo, ella lo llamó para el amor, lo invitó para el sexo. Adriano se arrodilló junto a su novia y se estremeció en el momento en que sus suaves manos tocaron lo que él ofrecía. Las delicadas manos de la joven pasearon llenas de malicia por el cuerpo del empresario de cuarenta años de edad.

Giovanna se deshizo de las ropas que la hacían sufrir y las arrojó cerca del lugar donde estaban las del hombre amado. Luego después, Adriano besó cada parte del cuerpo moreno de la mujer acostada en la cama. El perfume utilizado por ella después del baño aún estaba impregnado en la piel y acababa por transformarse en un ingrediente más en aquel encuentro de pasión y carne. El aroma suave se mezclaba con el olor característico e inconfundible de hembra y sugería al amante que el momento de penetrarla había llegado.

En los minutos siguientes, la chica logró olvidarse de Claudio y se entregó a quien realmente amaba como generalmente lo hacía. Así, ella podría sentir todo el placer que aquel hombre podría ofrecer. Era muy gratificante estar con la persona amada, dar y recibir todo el amor posible, disfrutar de los placeres que solo la pasión era capaz de proporcionar. Lejos de todo y de todos, la pareja se amó con calma y pasión.

Un sueño tranquilo llegó después del amor e indujo a Adriano a una siesta reconfortante. Acostado medio de lado y cubriendo solo los pies y parte de las piernas con una sábana blanca, él no sentía el deslizamiento de las manos de Giovanna. Toques cariñosos y apasionados se mezclaban al odio que ella sentía de sí misma por dejarse envolver en las tantas tramas de Claudio. Lo que ella estaba por hacer le quitaba totalmente la tranquilidad y las ganas de sonreír. El amor que sentía por Adriano no conseguía ser más fuerte que la obstinación por las aventuras y riesgos de la relación paralela.

Ahora sus manos ya no conseguían moverse, quedando paralizadas por los temores que continuaban atormentándola. El hombre que debería dormir por un tiempo mucho mayor de lo normal ignoraba que las manos de su amada se volvían frías repentinamente. Al mismo tiempo, él no estaba en condiciones de notar las lágrimas que lentamente surgían en los ojos de la chica acostada a su lado.

- ¿Tú estás despierto, Adriano?

La pregunta temeraria le costó salir de la garganta que ya le dolía debido a la aflicción y las varias dosis de su bebida favorita. En los primeros minutos en que el amante no se movió más, la rubia suplicó en pensamientos que todo lo que estaba por suceder no se realizase.

- ¿Tú estás durmiendo, cariño? – ella preguntó un tiempo después de no recibir ninguna respuesta.

El silencio continuó y comprobó que él realmente dormía. Aunque desease estar pegada a la cama donde ya había estado con el amante en algunas pocas oportunidades, Giovanna se levantó con cautela y vistió la camisa social negra que Adriano llevaba hace instantes. Semidesnuda, la joven salió del cuarto, dejando atrás al hombre dormido.

Como una sombra - o como un fantasma, ella bajó silenciosamente las escaleras y caminó furtivamente por la casa lujosa hasta llegar a la oficina del propietario. Las manos, ahora aún más frías, comenzaron a temblar más que en otros momentos de aquel mismo día. La garganta quedó más seca, efecto de la tarea arriesgada que ella había recibido.

En el piso inferior, manos cada vez más temblorosas buscaron el interruptor de la sala decorada con muebles de madera oscura, hasta que las lámparas de la araña de vidrio finalmente se encendieron. Luego después ellas cerraron con llave la pesada puerta de madera del mismo color que los muebles.

No teniendo como mantenerse sin alcohol, Giovanna se dirigió a la estantería y llenó un vaso más. La expectativa creada por el plan de Claudio era demasiado grande para sus nervios. La bebida parecía tener el don de facilitar, a la vez que hacía más ameno el dolor que ella sentía constantemente.

Sentada frente a la mesa en la que Adriano resolvía buena parte de los negocios a menudo oscuros, la chica aterrorizada no tardaría en vaciar el vaso, a pesar de no ser mucho agradarle tomar whisky puro. El contenido de la taza bastante similar a las que estaban en su apartamento sería rehecho entonces, o tal vez ella no pudiese contener más los nervios.

La oficina era bastante utilizada por Adriano para planificar nuevas inversiones en las finanzas de la empresa en la que trabajaba. La fortuna que él estaba juntando era compuesta por dinero desviado de operaciones fraudulentas, súper facturación de obras, comisiones irregulares y varias otras actividades extraoficiales.

La jornada rentable y muy excitante ya le había garantizado una jubilación generosa. Sin embargo, faltaba un paso importante para que él se diese por satisfecho, lo que no debería tardar en ocurrir. Sin embargo, el plan necesitaba ser muy bien articulado. Si hubiese el menor error, él seguramente pagaría un precio muy alto - que tal vez no pudiese pagarse en efectivo.

La constructora en la que Adriano trabajaba era responsable por la planificación y ejecución de varias obras faraónicas esparcidas por el país, además de algunas en el exterior. Viaductos, grandes edificios, puentes y shopping centers eran sus preferidas, ya que era de ellas que el empresario frío más conseguía desviar grandes cantidades.

Una de las obras más rentables al nuevo presidente de la corporación, un puente encargado por un gobierno, fue una de las primeras sin la supervisión de los dos socios fundadores. El único trabajo de Bernardo y de Alfredo fue dar un jeito para ganar la licitación. Vencida aquella importante etapa, todo estaría a su cargo.

Adriano fue llamado a la sala del entonces presidente de la constructora hace cinco años. Tan pronto como entró en la oficina de la junta, cuya sala se encontraba en el ático de un edificio de dieciocho pisos, la puerta fue cerrada con llave. Pensando estar en problemas al ver la actitud que su jefe y futuro suegro había tomado, él oyó a Bernardo hablar en voz baja lo que estaba planeando para ganar una pequeña fortuna.

Las palabras del hombre que tenía sesenta y un años de edad en aquella época excitaron al prometedor funcionario e hicieron que el de treinta y cinco se moviese frenéticamente en el cómodo sillón de cuero. Mil pensamientos se le pasaron por la cabeza mientras escuchaba con mucha atención lo que el presidente de la corporación revelaba. Según Bernardo, muchos negocios eran hechos de tal manera que todos podrían llevar ventaja, lo que despertó la codicia de Adriano.

Extasiado, el funcionario que ya tenía las manos frías desde el inicio de la conversación descubría también que su salario se triplicaría y que él sería promovido al tan codiciado cargo de vicepresidente. Bernardo explicó que solo existían dos condiciones para que el negocio continuase siendo rentable: fidelidad y secreto absolutos.

Sin embargo, el cerebro de Adriano vislumbraba cosas en diferentes de las imaginadas por su patrón. Conociendo a personas influyentes y el sistema como la empresa funcionaba, él no tenía la menor duda de que la presidencia estaba próxima.

Fruto de un golpe del baúl, el matrimonio era también interesante para los dos socios. Bernardo, entonces presidente del grupo empresarial, y el hermano Alfredo, tenían una buena razón para que la unión sucediese. Además de desencajar a la no muy atractiva hija de Bernardo, ellos darían una merecida promoción a un funcionario muy dedicado. Así, la presidencia del grupo continuaría en familia y todos saldrían satisfechos. De quiebra, los hermanos podrían finalmente descansar y aprovechar las fortunas acumuladas en muchas décadas de trabajo arduo - y no siempre honesto. Las tan soñadas y merecidas jubilaciones finalmente estaban a punto de concretarse.

El matrimonio ocurrió en pocos meses y tuvo derecho a todo el lujo de una boda real. Felices, los novios dieron casi una vuelta al mundo en la luna de miel financiada por el suegro. El viaje duraría aproximadamente un mes y tenía playas del Caribe y algunas ciudades europeas en el itinerario.

Mucho más interesado en el dinero que realmente en la esposa que había heredado con el cargo que ocuparía en el futuro, el prometedor vicepresidente de la corporación comenzaba en aquel mismo viaje la secuencia de huiditas matrimoniales. La elegida fue la camarera de un hotel francés donde la nueva pareja se alojó durante tres días. Cerca de los treinta años, la niña no era tan bonita como eran conocidas las mujeres nacidas en el país que quedaba a orillas del mar Mediterráneo y del océano Atlántico. Sin embargo, Michelle sabía muy bien cómo compensar en la cama la falta de belleza exterior.

Sin saber que era engañada por su marido, Carla trataba de mantenerlo a toda costa. Ella temía que, más tarde o más temprano, Adriano acabase cediendo a un impulso, aun sabiendo que un paso en falso podría costarle la presidencia del grupo empresarial y, consecuentemente, la pérdida de buena parte del lujo conseguido con el matrimonio, ya que los bienes de la familia no se dividirían en caso de divorcio. Consciente de esto, los pasos del empresario eran cuidadosamente calculados.

Los ojos marrones hermosos de Giovanna recorrían confusos la sala amueblada por un renombrado decorador. Sin embargo, no podrían apreciar los cuadros y otros objetos de arte que formaban parte de la decoración. Con el pensamiento muy lejos de aquella mansión, ella intentaba imaginar el futuro que la aguardaría, una vez que no conseguía dejar de cumplir las órdenes dadas por Claudio. Conociendo bien su genio y sabiendo muy bien de lo que él era capaz, sería mejor no contrariarlo.

Si no lo obedeciese, su ex novio haría que Adriano descubriese un pasado del que ella no era orgullosa. Saldría a la luz una chica muy diferente, sumisa, esclava emocional y sexualmente. Los secretos revelados seguramente harían que el empresario se erizase de los pies a la cabeza.

Giovanna se preguntaba por qué su vida tenía que ser siempre tan problemática, tan diferente de las amigas que tenían su edad - y que ella no veía hace mucho tiempo. ¿Por qué Claudio necesitaba volver a interponerse en su camino? A veces, la chica intentaba engañarse diciéndose a sí misma que él no volvería a buscarla. Sin embargo, esto es lo que los dos habían acordado – o esto es lo que Claudio había ordenado. En el fondo, ella sabía que él regresaría, que la acosaría nuevamente y que exigiría más cosas difíciles de cumplir.

Recordando los buenos momentos vividos al lado de Adriano, la rubia luchaba contra las marcas del pasado, pero no veía ninguna posibilidad de mejora. Claudio se interponía en un camino dulce, que tenía todo para ser feliz.

El tiempo estaba pasando rápidamente y ella no podría demorarse, necesitaba llamar a su ex novio con urgencia. A pesar de parecer lo contrario, por causa de lo que representaba ser - y muy bien, las personas que la conocían no imaginaban que ella era muy insegura a la hora de tomar decisiones, principalmente las más importantes, prefiriendo dejar para resolver los problemas siempre más tarde.

Mimada desde la infancia, Giovanna nunca había necesitado hacer fuerza para agradar a nadie, ni siquiera para conseguir las cosas que pretendía. Llegó la adolescencia, cuando parecía que su vida y su futuro iban a despegar hacia las estrellas, hacia el infinito.

La exuberancia del cuerpo de la niña, sin embargo, llamaba demasiado la atención de los hombres, principalmente de los aprovechadores y de los conquistadores. Muchos trataron exhaustivamente de seducirla, aunque una cantidad mucho menor había tenido cierto éxito. Aquellas relaciones, sin embargo, no pasaban de dos o tres noches de citas en bares, cines o restaurantes, siendo que algunas acababan en habitaciones de moteles o incluso en los apartamentos de los hombres con quienes ella salía.

Los casos sucedían de forma esporádica cuando Claudio desaparecía de su vida, pero, principalmente, cuando tales encuentros formaban parte del acuerdo. Solo dos de las relaciones superaron la barrera de los treinta días: la que ella mantenía con Adriano y la que, ni Claudio, ni la chica, parecía querer terminar

Giovanna acababa de cumplir dieciocho años cuando, al salir de la escuela, accidentalmente se encontró con un chico alto y fuerte. Aquel encuentro casual no tendría mayores consecuencias si quien la sostenía por la cintura, evitando una caída brusca, fuese un hombre cualquiera. Al envolver los brazos robustos en el cuerpo de la chica y agarrarla con fuerza, ella sintió una seguridad tan grande que se soltó totalmente.

El chico musculoso y peludo no era exactamente el tipo de hombre que atraería a una chica casi comportada como Giovanna. Lo que hizo balancear sus frágiles estructuras fue la manera en que aquellas manos masculinas agarraron su cintura delgada.

Aquel día, por primera vez en su vida, ella sintió la fuerza de un hombre muy diferente de sus novios anteriores, cuyas relaciones difícilmente pasaban de breves y bostezantes experiencias sin mayores consecuencias. En aquellos pocos instantes en que la niña estuvo en los brazos del hombre, Giovanna se sintió mujer como jamás había creído ser posible.

Cuatro años después, sentada en la silla de la oficina de Adriano - y sin haber madurado mucho, la niña indefensa habitaba un cuerpo de mujer. A pesar de que su pasado guardaba muchas marcas malas, existían buenos momentos para ser recordados. Desde el día en que conoció a Claudio, su vida siempre estuvo llena de emociones, siempre existió bastante pasión y no menos sexo

Nada de aquello, sin embargo, servía en ese momento. Giovanna cargaba un peso en la conciencia, luchaba contra la codicia de aquel mismo hombre que hizo de ella una mujer tan deseada, tan experimentada y, en una época lejana, tan feliz y realizada.

Después de idear un nuevo plan, que ella misma estaba segura de que no funcionaría, la chica levantó la cabeza. Vacío, el vaso de whisky fue puesto de lado. Al igual que un robot, ella telefoneó para la casa de Claudio, lugar en el cual él la hizo mujer y donde ella pasó muchos momentos placenteros. El teléfono sonó varias veces, hasta que el residente despertó y lo atendió.

- Todo cierto, Claudio.

- ¿Por qué tú tardaste tanto, Giovanna? - se exaltó el ex novio al mirar el reloj que estaba en la cabecera de la cama. - Era sólo para darle el sedante, ¡no era necesario ponerlo en la cama!

- Lo siento, pero él tardó mucho en dormirse. Ahora tú ya puedes venir con seguridad.

La irritación de Claudio desapareció completamente en el momento que una sonrisa maliciosa apareció en el rostro aún un poco somnoliento. Luego después, se transformó en una estridente carcajada, que hizo doler los tímpanos y el corazón de Giovanna. Después de reflexionar un poco sobre lo que harían aquella noche, él dio algunas instrucciones más y colgó el teléfono.

Poco tiempo después, un automóvil bastante viejo dejó ruidosamente el garaje de madera que estaba en el fondo de una vieja casa, entonces comenzó a moverse por calles poco iluminadas.

Giovanna permanecía inmóvil en la misma habitación, en la misma silla. Sus ojos se perdían en la oscuridad del jardín bien arbolado, asustados con las consecuencias que aquella llamada telefónica podría desencadenar en breve. Su vida jamás sería la misma, sus deseos y sueños más hermosos estaban seriamente comprometidos.

El futuro de paz y tranquilidad al lado del hombre amado estaba amenazado por el dominio enfermizo que Claudio siempre ejerció y muy probablemente continuaría ejerciendo sobre sus decisiones y su vida. Mientras él viviese, Giovanna difícilmente conseguiría librarse de aquella dependencia.

El ronquido ruidoso de un automóvil que venía de lejos la despertó de pensamientos y de lamentaciones, trayendo de vuelta a la dura realidad. El corazón apretado y agonizante comenzó a latir más fuerte, ya que Claudio parecía estar llegando. Levantando la cabeza, que en aquel momento parecía tener un peso diez veces mayor de lo normal, ella se dio cuenta aliviada de que el vehículo pasó por delante de la casa.

Si tuviese suerte, tal vez su ex novio no se presentaría, tal vez se rindiese en el camino. Pensándolo mejor, él no pondría fuera la oportunidad de enriquecerse de una vez, no desperdiciaría la chance de vivir en una playa paradisíaca, probablemente al lado de Giovanna. Irónicamente, aquellos eran también los sueños que Adriano alimentaba en relación a aquella misma mujer.

Algunos minutos después, otro automóvil se acercó. Esta vez, sin embargo, para la tristeza de Giovanna, el ronquido era bien conocido. El ruido aumentaba gradualmente, hasta convertirse en un tormento. En pocos segundos, los faros del automóvil iluminaron el vidrio de la oficina en la que ella se encontraba. Finalmente había llegado el momento acordado. No se podría hacer nada más para evitar su propio fin.

Sobre la acera, Claudio aguardaba impacientemente el instante en que Giovanna abriese el portón automático y le permitiese poner en práctica otro de sus planes. Aquel era, sin duda, el más pretencioso de todos.

Aún sin estar muy segura de lo que estaba haciendo, Giovanna apretó el botón del control remoto, cuando el pesado portón de hierro comenzó a abrirse lenta y ruidosamente. El auto viejo entró sigilosamente por el jardín, entonces el portón volvió a la posición anterior. El silencio fantasmal se apoderó de la parte exterior de la mansión otra vez.

El hombre de treinta y seis años salió del coche que tenía prácticamente la mitad de su edad y encontró a la chica de veintidós años con la puerta abierta. Subiendo por la pequeña escalera de piedra, él daba la impresión de ser el dueño de la mansión.

A pesar de estar verdaderamente enamorada de Adriano, Giovanna todavía sentía una fuerte atracción por Claudio. Ella no ocultaba que deseaba ser seducida otra vez por aquel hombre de cabellos largos y barba por hacer, que siempre la dominaba.

Parada junto a la puerta en la cual había sido recibida por el amante dos horas antes - y aun vistiendo su camisa, que estaba abierta de forma indecente, ella ni se esforzó para disfrazar la fascinación que la quemaba por dentro. Su boca deseó un beso mientras Claudio pasaba a su lado, pero la frustración pronto se apoderó de la joven insegura, ya que el beso ardiente no vino.

Indiferente a todo lo que aquella chica sensual pudiese estar sintiendo, el recién llegado entró en la mansión. A pesar de estar también tenso, él conseguía controlar los nervios por saber que el dueño de la casa había sido sedado por la sustancia que la propia amante había colocado en su vaso de whisky.

Claudio ni se dio cuenta de que aquella mujer monumental, que aún no había cerrado la puerta completamente, estaba vestida únicamente con la camisa del amante. Del mismo modo, él ni siquiera se dio cuenta de que algunos de los botones permanecían abiertos y dejaban a la vista varias partes del cuerpo tan conocido por ambos los hombres.

Sin embargo, no era aquello que le interesaba en aquel momento – no, al menos, en aquel momento. Ahora, lo más importante era apoderarse de grandes valores materiales para mantener la buena vida de los últimos años. De cualquier manera, él sabía que podría tener a aquella chica en los brazos y, principalmente, en la cama, bastaba que chasquease los dedos. Los deseos de la carne podrían quedar para después.

Teniendo nuevamente la ingrata certeza de que Claudio no estaba allí por su causa, mucho menos para tomarla en los brazos fuertes y amarla como en los viejos tiempos, Giovanna finalmente cerró la puerta, aunque tardaría un poco en sacar la mano del manojo de llaves.

Sin embargo, el miedo y la ansiedad que la dominaban durante todo aquel día ahora se atenuaban considerablemente. ¿Sería porque ella estaba casi anestesiada por el efecto del whisky y por causa del maltrato que constantemente recibía de Claudio? ¿O era por la protección que él representaba por estar cerca, aunque ella no se equivocase en cuanto al motivo que lo llevaba a la casa de Adriano?

- Silencio, Claudio, por favor, yo tengo mucho miedo de que Adriano despierte - ella suplicó tan pronto como se dio vuelta. – Él no puede saber que estoy involucrada en esto.

- No te preocupes, Giovanna, tu amiguito no se levantará tan temprano - Claudio aseguró irónicamente, aunque no hablase en voz baja. - El somnífero que tú pusiste en su vaso derriba hasta elefantes. Además, poco me importa lo que pase con tu relacionamiento en el futuro.

Giovanna miró a su ex novio y, a pesar de estar dolida por oír tal declaración, nada respondió. Él era siempre así, rudo, inhumano. Seguramente aquel era uno de los ingredientes que aún fascinaban a la niña que se escondía en un cuerpo de mujer.

Los dos intrusos pasaron por la sala donde Giovanna había dejado la bolsa, dentro de la cual aún estaba la sustancia usada para forzar el sueño de Adriano. Caminando furtivamente por el pasillo oscuro, segundos después la chica abrió la puerta de la oficina. Al entrar, Claudio observó con bastante interés los muebles. No era la primera vez que entraba en aquella casa, aunque nunca hubiese estado en aquel lugar.

Él se imaginó dueño de una casa similar, o quizás aún más lujosa. Su mansión tendría más mármol que la de Adriano, las paredes tendrían más cuadros y los pintores serían mucho más famosos que aquellos allí. Su estantería tendría más libros que aquella enfrente, aunque solo fuesen usados como adorno. Claudio no leería ninguno, ya que era un ser áspero y casi totalmente desprovisto de cultura. Sus atributos eran otros, sin embargo, y el cuerpo de Giovanna conocía a cada uno, aún clamaba por todos, aún ardía en su presencia y, especialmente, en su falta.

- ¿Dónde está la bóveda? – él preguntó después de soñar más alto de lo que normalmente lo hacía.

Giovanna, que se había sentado en la misma silla en la que había reflejado bastante hasta el momento en que el coche se detuvo frente a la puerta, permaneció callada por algunos momentos. Aún arrepentida por el acto que iba a practicar contra el patrimonio del hombre amado - y que la amaba, ella intentaba ganar algún tiempo.

- Responde, Giovanna, ¿dónde está la bóveda? – él preguntó mucho más impaciente la segunda vez.

- Cálmate, Claudio - ella respondió al levantarse, atravesar la sala y acercarse a uno de los varios cuadros que decoraban la oficina. – Tú no tienes que quedar tan nervioso.

En la pintura, adquirida por Adriano en una subasta hace aproximadamente cinco años, se veía un hermoso y exótico paisaje andino. Debido a la gran habilidad del artista, quien apreciaba la obra tendría la impresión de formar parte del escenario. Observando el cuadro, era posible viajar hasta la escena en él retratada e incluso escuchar el aullido del viento frío, que constantemente soplaba en las altas montañas.

Con un poco más de imaginación, el aficionado no necesitaría ser un crítico de arte para escuchar el canto del cóndor, ave que sobrevuela sagazmente aquellas regiones en busca de protección y de alimento para ella y sus hijos.

Como si abriese la puerta de un armario, la chica aún temblorosa sacó el cuadro y reveló una pequeña bóveda. Sin poder pensar en nada mejor para intentar engañar a su compañero, ella retrocedió un paso mientras él se acercaba rápidamente.

Con los ojos brillando de ansiedad y sin ocultar la fascinación por el dinero, Claudio pasó la mano delicadamente por la puerta de acero helado. La sensación era más placentera que cuando él acariciaba el rostro de la hermosa mujer a su lado. Una sonrisa ya conocida apareció en su rostro, pero pronto cedió lugar a una expresión de nerviosismo.

- ¡Ábrela! - él ordenó como si hablase con una esclava, no con la chica que había sido más que una simple novia por casi cuatro años.

Giovanna tenía muchas ganas de saber cuándo acabarían aquellos golpes, quería saber hasta cuándo él iba a continuar envolviéndola de aquella manera, haciendo que no tuviese fuerzas y ni argumentos para negar nada. ¿Cuándo ella pondría fin a aquello? ¿Cuándo dejaría de ser cómplice de un hombre que siempre la usó en sus chanchullos, pero poco retribuía en términos de amor o de cariño?

La chica se acercó de nuevo el cuatro abierto y se esforzó por recordar la combinación de números utilizada para abrirlo. ¿Quién sabe si aquellos números mágicos no lograrían liberarla de la prisión psicológica en la que tantas veces se encontraba? Ella giró lentamente la pieza redonda marcada con muchas risitas, hasta que paró. El nerviosismo del hombre a su lado se estaba transfiriendo para ella, y su cerebro no estaba acostumbrado a trabajar en condiciones de pánico.

- ¡Date prisa, Giovanna! – él se volvía más impaciente a cada momento. - ¡Nosotros no tenemos toda la noche!

Giovanna cerró los ojos marrones y trató de evitar que saliesen algunas lágrimas, pero el esfuerzo fue en vano. Sin embargo, ella giró la esfera una vez más, luego después la última. La puerta de la bóveda finalmente se abrió, para su felicidad - ¿o sería para su infelicidad?

Levantándose en puntas de pie y dejando a la vista bien más que sólo las piernas, la chica aún intentó insinuarse para el ex novio. Ella mantenía viva una ínfima esperanza de que su cuerpo lo excitase y lo hiciese dejar aquellos planes diabólicos al lado al menos momentáneamente. De nada sirvió semejante artimaña, sin embargo. Nada desviaría su atención, ni siquiera aquellas posiciones provocativas. Quizás Claudio no se diese cuenta de que ella escondía su desnudez bajo la camisa de Adriano.

Más que amargar el fracaso, Giovanna se sintió frustrada por el hecho de no haber sido suficientemente cautivante para provocar deseo en aquel hombre. Sin embargo, no sería en aquel momento que él la poseería nuevamente. En otras oportunidades, probablemente sí.

Claudio puso inmediatamente las manos dentro de la bóveda, sacó todo lo que se encontraba en su interior y colocó sobre el escritorio. Apartando una estatuilla de bronce y el teléfono, él revolvió nerviosa y apresuradamente los papeles y los sobres encontrados. Tomando poco cuidado al hablar, aun sabiendo que su voz gruesa podría despertar al dueño de la casa, él gritó nuevamente.

- ¡Aquí sólo hay migajas, Giovanna! ¿Tú no dijiste que tu amante guardaba mucho dinero en la casa?

- ¿Qué? - ella preguntó mientras intentaba mostrar asombro en esa hermosa cara. - ¡El dinero tiene que estar ahí!

Sin conformarse, Claudio dio un golpe fuerte en el escritorio. Su furia arrojó al suelo varios sobres y objetos. Callada como casi siempre, Giovanna se apresuró a ponerlos en su lugar.

- No hagas ruido, Claudio. Adriano puede despertar.

- ¿Dónde está el dinero del que tú tanto hablabas? Aquí no hay casi nada.

- Yo no entiendo... - ella habló poco después, esperando que el hombre airado no desconfiase de su plan de última hora. - ¿Tú miraste derecho?

Sin esperanzas de encontrar mucho dinero en el interior de los sobres, Claudio se sentó y comenzó a revisarlos otra vez. Él necesitaba al menos de alguna pista que lo llevase a la fácil y tan soñada fortuna y, consecuentemente, a la vida que siempre imaginó merecer.

Mientras tanto, apoyada en la estantería que estaba al lado de la bóveda ahora abierta, Giovanna lo observaba silenciosamente. Ella deseaba que Claudio desistiese del dinero de Adriano, se marchase y dejase a la pareja finalmente en paz. Sin embargo, tal vez ella quisiese que él la llevase consigo y la amase nuevamente en aquella cama de olor a veces repugnante, pero que la hacía mucha falta.

Sin encontrar nada más en el segundo intento, Claudio intentó razonar. Después de meter en el bolsillo del pantalón el poco dinero que encontró, él levantó la cabeza y miró a Giovanna, que sintió otro escalofrío a través del cuerpo. Ella conocía muy bien al hombre sentado frente a ella y sabía que él acababa de tener una idea. Sin embargo, no siempre le gustaban sus ideas.

- Vamos a despertar a su queridito - él bromeó, la forma como generalmente se expresaba. – Él me entregará el dinero o no vivirá para dar otros golpes en la compañía.

- ¿Qué? - preguntó Giovanna, asustada con lo que acababa de oír. Sintiendo en la piel todo el odio que Claudio alimentaba, ella continuó: - ¿Tú te estás volviendo loco?

- ¡Loco, sí! ¡Yo estoy loco por el dinero que tu amante piensa gastar en tu compañía! ¡Vamos hasta aquel cuarto!

La rubia se apresuró a llegar a la puerta antes que el ex novio. Dejando su paso, tal vez ella pudiese evitar que él continuase adelante con el nuevo plan. Las cosas se estaban complicando y las consecuencias eran inimaginables. Sin embargo, la fragilidad de la joven no era suficiente para contener la furia del hombre musculoso.

¿Cómo Giovanna explicaría a Adriano que era su cómplice? Por más que la amase, el dueño de la casa jamás la perdonaría al descubrir que ella estaba ayudando a robar la fortuna que él tan cuidadosamente escondía. Aquel dinero representaba mucho más que una vida tranquila, pero un premio por su astucia. La chica necesitaba pensar rápido en una salida.

Más fuerte, Claudio consiguió abrir la puerta de la oficina sin ninguna dificultad. Entonces, él prácticamente arrastró a la chica hacia la escalera que conducía al segundo piso. Giovanna no tenía otra opción que abrirle la puerta a su compañero.

- Espera, Claudio. Hay otra bóveda en la casa, pero tenemos que tener mucho cuidado. Voy a intentar abrirla sin que Adriano despierte.

Con las esperanzas renovadas, aunque tardando un poco en asimilar aquellas palabras, Claudio se detuvo en medio del camino. Apretando con fuerza el brazo de Giovanna, él miró profundamente en sus ojos ya enrojecidos por las lágrimas y por la desesperación. Aunque estuviese muy furioso, él intentaba contener el nerviosismo para garantizar el buen desarrollo del plan.

- ¿De qué lado tú estás? ¿Tendré que usar un poco de violencia para que tú me ayudes?

- Lo siento, Claudio. Es que tengo mucho miedo...

- ¿Dónde está aquella bóveda? – él preguntó mientras le apretaba el brazo a la chica.

- Ahí está el problema... ella está en el cuarto de Adriano.

- ¿Nosotros no estábamos yendo hasta allá?

- Espera, Claudio. Es peligroso entrar allá, él puede despertar y yo no puedo ser vista contigo.

- ¿Por qué no? Si él se despierta, verá qué clase de mujer lleva a su cama...

Más decepcionada que en el momento en que no consiguió atraer la atención del ex novio usando su propio cuerpo, la chica se vio obligada a escalar los últimos peldaños de la escalera de mármol marrón que conectaba los dos pisos de la mansión.

La subida fue lenta y dolorosa para los dos comparsas, que evitaron hacer cualquier ruido que pudiese despertar a Adriano del sueño inducido. Al acercarse al cuarto en el que la ex novia acababa de pertenecer una vez más al dueño de la casa, Claudio puso la mano en la cintura y percibió que, en la prisa, se olvidó de tomar el revólver que siempre lo acompañaba.

- ¿Cómo es que yo no traje mi arma? – él preguntó en voz baja.

Giovanna se sintió un poco más aliviada al oír aquellas palabras, aunque el pavor que sentía no permitía estar muy tranquila. Claudio también estaba nervioso, ya que aquella no era su especialidad. Sus planes difícilmente involucraban a la persona a ser robada, siendo siempre puestos en práctica con la ayuda de un cómplice, cuya función era mantener a la víctima ocupada y alejada del local.

Esta vez, sin embargo, todo estaba siendo muy diferente. Adriano, aunque dormido, podría representar bastante peligro, pues podría despertar en cualquier momento. El hecho de que Claudio no estuviese preparado para tal circunstancia aumentaba aún más su nerviosismo. Él ocupaba los pocos segundos que quedaban antes de entrar en el cuarto para intentar trazar una estrategia. Sin embargo, su cerebro, que no podría considerarse privilegiado, parecía haber dejado de funcionar.

Fue en una situación similar, poco tiempo antes, que él se vio obligado a tomar la vida de un hombre. Envolviéndose con la mujer de un comerciante con la intención de robarlo, la propia esposa adúltera lo auxiliaría. Sin embargo, el marido doblemente traicionado regresó en un momento equivocado, sorprendiendo a los amantes en la cama.

Aún desde dentro del cuerpo de la mujer de aproximadamente treinta y cinco años, madre de dos hijos, Claudio cogió el casi inseparable revólver de calibre 38, que reposaba en silencio al lado de la almohada, entonces disparó tres tiros certeros al recién llegado. El pobre hombre cayó de rodillas ante su propia cama y, sin que tuviese la posibilidad de pronunciar palabra alguna, y antes incluso de defender el honor o el patrimonio, cayó para la muerte.

Todo el placer que la esposa estaba sintiendo en aquella relación sexual fue reemplazado inmediatamente por el horror. Sin creer que fuese verdad lo que acababa de suceder ante sus ojos, ella aún tuvo que esperar a que Claudio concluyese el acto.

El asesinato a sangre fría y el poder que los proyectiles disparados por el arma proporcionaron dejaron maravillado y extasiado al hombre que no solo invadía la casa de la víctima, sino el cuerpo de la esposa, haciendo que el orgasmo experimentado algunos instantes después fuese uno de los más intensos de los incontables que él ya había experimentado.

La habitación donde Adriano había tenido relaciones sexuales con dos mujeres finalmente apareció ante los ojos asustados de una de ellas y de su cómplice de aquel intento de hurto, haciendo aumentar aún más el nerviosismo que ambos ya estaban sintiendo. El silencio espantoso que venía de aquel lugar era suficiente para hacer brotar sudor frío en sus rostros. Ellos se detuvieron frente a la puerta de madera maciza, cuyo barniz oscuro recordaba el de una urna fúnebre.

La puerta estaba tallada en bajo relieve, pero ninguna de las dos personas que se encontraban allí tenía condiciones psicológicas para apreciar el trabajo de su creador. Giovanna colocó la mano en la manilla de bronce envejecido, pero careció coraje para girarla. Claudio no tuvo fuerzas para apresurarla.

Durante algunos instantes, ellos intentaron averiguar si Adriano aún estaba durmiendo, lo que facilitaría el trabajo, o si el efecto de la droga había terminado antes del plazo deseado. Todo indicaba que él permanecía apagado, aunque nadie pudiese estar seguro de nada. Giovanna estaba arrepentida por ceder a las órdenes de su ex novio y ayudarlo a robar el dinero que ella misma podría disfrutar pronto, así que llegase el momento adecuado.

¿Cuántos planes aquella pareja había hecho para gastar el dinero que debería estar escondido en la bóveda de aquella habitación? ¿Cuántas veces, después de hacer el amor en alguna cama de motel, en su apartamento o en la propia puerta de enfrente, los amantes soñaron con aquella fortuna razonable?

¿Cuántas veces ambos se transportaron mentalmente a lugares paradisíacos, embriagados por el poder y la tranquilidad que aquel dinero proporcionaría? ¿Cuántas veces sus pies, entrelazados después del sexo, se sintieron en las playas de sus sueños como si estuviesen tocando la arena calentada por los generosos rayos solares y bañada por las olas de un mar azul o incluso verde? Cuántos sueños se han convertido en una pesadilla…

Delante de la puerta de la habitación donde algunas veces se entregó de cuerpo y alma al amante, Giovanna veía sus sueños disiparse por causa de un hombre que le dio poco en la vida, pero le tomó mucho. Probablemente su futuro con Adriano no tendría ninguna posibilidad de suceder después de aquel día.

Ella pensó en hacerse la víctima e intentar inducirlo a creer que estaba siendo forzada a participar de aquella escena, ya que suponía que estar de acuerdo con aquello sería lo mínimo que Claudio podría hacer para ayudarla. Ella sabía que difícilmente se quedaría con alguna parte del dinero.

La chica ya había desistido de participar del plan tan pronto como se enamoró de Adriano, pero ayudaba a ejecutarlo por causa del deseo enfermizo que insistía en habitar su corazón y, principalmente, su cuerpo.

Ella no tenía mucho interés en terminar con un sentimiento que chocaba con el amor que sentía por el hombre inconsciente.

Aún con la mano temblando por causa del pavor, ella finalmente giró la manilla, pero abrió la puerta lenta y silenciosamente. Un débil rayo de luz de la lámpara conectada al lado de la cama atravesó la abertura y llevó un poco de claridad al pasillo oscuro. Los socios dudaron antes de entrar en la habitación del dueño de la mansión.

- Espera aquí un momento, Claudio – ella susurró antes de poner el pie en el interior de la habitación. - Si Adriano se despertar, yo intentaré distraerlo.

Claudio no hizo ninguna objeción, ya que ni siquiera tenía una idea mejor para poner en práctica. Él se limitó a asentir con la cabeza, demostrando que estaba de acuerdo con su ex novia.

Giovanna respiró hondo, trató de llenar los pulmones con el oxígeno que necesitaría para cumplir aquella difícil tarea y, al mismo tiempo, calmar los nervios agitados. La puerta se abrió un poco más, lo suficiente para que la chica delgada pudiese pasar.

Descalza desde hace algún tiempo, ella pretendía evitar al máximo hacer cualquier ruido que pudiese despertar el amante. Después de acercarse cautelosamente a la cama en la que había sido amada hace una hora y asegurarse de que Adriano aún dormía, la rubia hizo una señal para que Claudio entrase, entonces contornó la cama y caminó hacia el baño.

Incluso a media luz, Claudio vio la puerta de la bóveda que, sin esconderse atrás de un cuadro, seguramente guardaba la fortuna soñada. Callado, él esperó que Giovanna encendiese la lámpara, cuando entonces la luminosidad sería suficiente para abrir la bóveda y permitir el hurto del valioso contenido. Tan pronto como la luz del baño se extendió por la habitación oscura, él se acercó, por lo que sus ojos nuevamente brillaron de fascinación por la riqueza que estaba tan cerca de las manos.

- ¿Qué pasa ahora? – él preguntó cuándo su ex novia se detuvo, aterrorizado por la posibilidad de que Adriano despertase.

- No estoy seguro de la combinación de esta bóveda...

- ¿Qué? ¿Cómo no?

- Yo sé que se parece al otra, pero el orden de los números es diferente.

Giovanna permaneció callada mientras intentaba recordar los números que Adriano había pronunciado algunas veces cuando la pareja hacía planes para un futuro tranquilo, incluso financieramente. Al mismo tiempo que pensó en ofrecerse nuevamente para Claudio, ella estaba segura de que nada adelantaría la nueva embestida. Después de todo, ni siquiera la belleza de las curvas de su cuerpo haría que aquel hombre perverso se desviase de sus objetivos.

Mientras intentaba extraer de la memoria la combinación, ella se preguntaba si Adriano, en algún momento, imaginó que su amante lo traicionaría o incluso se aprovecharía de su ingenuidad. Ciertamente él no había pensado en tal posibilidad, incluso porque ella difícilmente haría algo así con el hombre que amaba.

- ¡Tú tienes que recordar, Giovanna! - imploró Claudio, que no conseguía contener más los nervios. - ¡Esfuérzate!

- Cálmate...

- ¿Cómo te olvidaste de la combinación? – él preguntó impacientemente mientras no se controlaba y daba un puñetazo en la pared.

Giovanna finalmente recordó la secuencia y logró abrir la bóveda, cuando un chasquido característico anunció su éxito. Casi alucinado por la agonía que estaba sintiendo en los últimos momentos, Claudio avanzó en aquella dirección. Había un montón de sobres dentro de aquella pequeña fortaleza y uno de ellos estaba entreabierto. Una sonrisa maliciosa apareció en su rostro sin afeitar cuando él vio algunos billetes a través de la abertura.

Otra cosa también llamó su atención y lo hizo feliz tanto cuanto el dinero. La pistola que estaba al lado de los documentos era lo que él necesitaba para garantizar una fuga tranquila o, al menos, un poco más segura. Sin perder tiempo, él la colocó en la cintura, lugar donde debería estar su revólver de grueso calibre.

El arma encontrada no era tan aterradora y ni tan voluminosa, pero era tan mortal como la otra. Poco después, Claudio se quitó la chaqueta de cuero que llevaba y la transformó en una bolsa, entonces comenzó a tirar hacia adentro todos los fajos de dinero que encontró.

Sintiéndose una fracasada, Giovanna solo observaba en silencio lo que él hacía. Anestesiada con todo lo que ocurría, ella se sentía impotente por no haber conseguido hacer cambiar de idea al ex novio al exponer su cuerpo, su principal atributo, arma cuyo poder sería fatal para la casi totalidad de los hombres.

Sin que ellos se diesen cuenta, sin embargo, Adriano comenzó a moverse en la cama, ya que el efecto de la droga que Giovanna había puesto en su bebida se estaba agotando. Aún somnoliento, él abrió los ojos y, levantando la cabeza, intentó entender lo que estaba sucediendo. Aún dopado por el sedante y aliado a la penumbra del cuarto, sus ojos no conseguían distinguir con claridad lo que ocurría a dos o tres metros de distancia.

De espaldas al hombre acostado en la cama y distraído con el dinero del cual estaba tomando posesión, Claudio no prestaba atención a nada más. A su lado, Giovanna también estaba dispersa, mortalmente arrepentida por lo que estaba ayudando a hacer.

El dueño de la mansión finalmente recobró la conciencia, cuando intentó usar los pocos segundos de los que disponía para pensar en lo que haría. Giovanna miró a la cama y se dio cuenta de que él ya estaba despierto. Asustada, la chica intentó hacer una señal para que el amante quedase inmóvil, pero el ex novio vio y sacó inmediatamente el revólver que hace pocos instantes había guardado preventivamente en la cintura.

\- Quédate donde estás! – él gritó al apuntar la pistola hacia la cama.

\- ¿Qué está pasando? - preguntó Adriano al levantar las manos instintivamente y, aún desnudo, arrodillarse en la cama. - ¿Quién eres tú? ¿Qué quieres?

\- Quédate quieto y nadie saldrá herido!

Giovanna intentó alejarse un poco para que Adriano pensase que ella había sido rendida. No entendiendo su actitud, el hombre que empuñaba el revólver la agarró por el cuello de la camisa y la tiró cerca. La violencia de su gesto hizo que saltasen lejos los únicos dos botones que la mantenían cerrada. La camisa, ahora totalmente abierta, dejaba al descubierto un cuerpo desnudo, tan conocido por aquellos dos hombres. Claudio la obligó a pararse contra la pared, entre la puerta del baño y la de la bóveda.

\- ¡Déjala en paz! - gritó Adriano, ignorando que la amante estuviese participando del golpe.

Ahora Claudio giraba la pistola hacia la chica que había conocido hace cuatro años. Como el amante difícilmente pondría su vida en riesgo, el intruso podría huir con más facilidad. Así, él puso los fajos de dinero y las joyas en la bolsa improvisada, entonces tomó a Giovanna por el brazo.

\- Muy bien, tú vienes conmigo.

Sin pensarlo dos veces, él arrastró a la chica hacia la salida de la habitación. Cuando saliese de la mansión, huiría de la ciudad, lo más probable del país. Tal vez él hasta llevase a Giovanna consigo, cuando entonces pondría en práctica los sueños que alimentaba desde que se enteró del dinero.

\- ¡Suéltala! - gritó Adriano, asustado por la posibilidad de que Giovanna fuese herida o incluso muerta.

\- ¡Quieto ahí, hombre! - amenazó Claudio, apuntando ahora el revólver a la cabeza de la ex novia. - No intentes nada, o tu novia muere.

\- Por favor, Adriano, déjalo ir... - ella rogó, poco se importando con el arma fría cerca de la cabeza. - No intente hacer nada...

\- ¡Suéltala, tú ya tienes todo lo que querías! - reflexionó Adriano, aun creyendo que Giovanna era una víctima inocente en aquella situación peligrosa.

\- No seas gracioso... - ironizó Claudio, una vez más esbozando una sonrisa sarcástica, su marca registrada. - Tu querida es mi escudo, es la garantía de una fuga segura. Por cierto, - continuó él, usando el cañón del revólver para abrir la camisa usada por Giovanna y revelando su desnudez - un escudo muy interesante...

Mientras Claudio arreglaba la chaqueta en la que había colocado el producto del robo para evitar que algunos fajos de dinero se perdiesen en la fuga, Adriano aprovechó para tomar el arma que estaba guardada en el cajón de la mesita de noche.

- ¡No, Adriano! - gritó Giovanna al ver que el dueño de la casa - y de su corazón - estaba armado. - ¡No hagas eso!

Asustado, Claudio se volvió y vio que Adriano también empuñaba un revólver. Más rápido, sin embargo, él apretó el gatillo y, un centésimo de segundo después, disparó nuevamente. No pareciendo estar muy afectado por los dos disparos fulminantes, Adriano también disparó, pero la bala golpeó un cuadro colgado en la pared.

Enseguida, el hombre que estaba en posesión de bastante dinero disparó de nuevo. Esta vez, el tiro fue dolorido y certero, suficiente para derribar al oponente, que cayó al suelo. Después del tercer disparo, no se movió más.

Claudio decidió no esperar para ver si Adriano estaba vivo o muerto. Cogiendo otra vez el brazo de Giovanna, él intentó correr para fuera de la habitación. No queriendo acompañarlo, ella resistió y se agarró a la puerta.

- Vete, Claudio, déjame quedarme aquí. Yo llamaré a una ambulancia y lo llevaré a urgencias.

- ¿Tú estás loca, Giovanna? ¿Quieres ir a la cárcel?

- Por favor, Claudio, tú ya tienes lo que querías. Yo no le diré a nadie sobre ti.

Sin tener en cuenta la aflicción de la joven, él la tiró con fuerza otra vez, entonces corrió escalera abajo. En pocos segundos, los dos cómplices ya se encontraban frente a la mansión. Sin saber qué hacer, Giovanna se rindió y entró callada en el coche.

- ¡Las huellas! - gritó Claudio, recordándose que había tocado varios objetos.

- ¿Qué? - preguntó la chica que, conmocionada, ni siquiera sabía de qué él estaba hablando.

- Nosotros tenemos que volver y borrar las huellas.

Claudio sabía muy bien lo que era dejar las huellas en la escena del crimen. Una vez, cuando participaba en un robo en compañía de algunos compañeros, nadie se recordó de limpiar el lugar. La falta de experiencia costó algunos años de prisión a varios de los integrantes de la banda.

Esta vez, sin embargo, las cosas no podrían ser como antes. Así, los ex novios salieron del coche apresuradamente y regresaron a la mansión. La ansiedad y el nerviosismo les impedían recordar con exactitud los lugares donde estuvieron, lo que dificultaba su acción y retrasaba la fuga definitiva.

Lo primero que Giovanna hizo fue correr a la oficina. Ella se recordaba bien de aquel lugar, pues había sufrido mucho mientras aguardaba la llegada de Claudio. Sin embargo, era difícil recordarse de todo. La presión a la que ambos estaban sometidos complicaba aún más las cosas y los dejaba agonizados. Su impresión era que estaban apagando un enorme incendio usando, para tanto, solo las manos.

Ella limpió el vaso utilizado para tomar whisky y luego borró las marcas dejadas en la bóveda de la oficina, en el pomo de la puerta, en el teléfono y en otros lugares. Mientras tanto, Claudio hacía lo mismo. En seguida, el dúo volvió a los aposentos de Adriano. Sin hacer silencio aquella vez, ellos corrieron escaleras arriba. Claudio llegó antes y tomó el cuidado de mantener el revólver apuntando a la cama, ya que no sabía en qué estado se encontraba Adriano. Cometer otro error podría costarle su libertad, o incluso su vida.

El dueño de la casa permanecía caído al lado de la cama, lo que facilitó que la escena de la oficina se repitiese en el aposento aún iluminado por una lámpara. Otra vez ellos se cuidaron de no olvidar ningún detalle que pudiese incriminarlos más tarde. Giovanna limpió los metales del baño, aunque no hubiese se bañado después de hacer el amor con el dueño de la casa. Mientras limpiaba distraídamente, ella ni siquiera recordaba que aquella podría haber sido la última vez de la vida en que había sentido el cuerpo del hombre amado.

- ¿Terminaste? - preguntó Claudio cuando ella salió del baño.

Sin responder nada, Giovanna comenzó a recoger las ropas esparcida por el suelo, cuando vio a Adriano. Ella se paró al lado de la cama y no creyó la escena que sus ojos marrones revelaban. Había manchas de sangre en la cama, en la almohada y en el cuerpo del hombre herido. También había un pequeño charco de sangre en el suelo, cerca del pecho. La escena era absurdamente desesperadora.

Claudio no quería perder ningún segundo más, ya que el tiempo era precioso y no podría ser desperdiciado. Así, él cogió a Giovanna por el brazo y de nuevo la arrastró por la puerta. Sin tener tiempo de despedirse del amor de su vida, ella no dijo nada y ni intentó resistirse. Sin embargo, tan pronto como bajaron por las escaleras, la chica usó todas sus fuerzas para detener al ex novio.

- ¡Detente, Claudio! Nosotros no podemos dejarlo así. Adriano puede estar vivo, tenemos que ayudarlo.

- ¿Tú estás loca, Giovanna? Lo que tenemos que hacer es largarnos de aquí inmediatamente.

Claudio, que tenía mucha más fuerza que la chica delicada, la sacó nuevamente, sacándola de dentro de la mansión en pocos segundos. Intentando forzar su entrada en el auto, la mano fuerte dejaría marcas en su brazo por varios días. Marcas más fuertes, sin embargo, y mucho más difíciles de salir, quedarían en el corazón y en el futuro de la chica, que ahora estaba sola en el mundo.

- No, por favor... - ella suplicó por última vez. - Hagamos algo por él...

- ¿Hacer qué? El tipo ya pasó de esta vida para una mejor, ¿Qué más tú quieres? ¿Llevarlo a un hospital?

- ¡Sí! - habló Giovanna, que ya no tenía fuerzas para contener las lágrimas.

El hombre bruto no dio importancia a las llamadas de la joven y cerró la puerta del automóvil tan pronto como consiguió meterla dentro. Él entró, entonces, giró la llave y encendió el motor. El coche comenzó a moverse, pero pronto se le impidió continuar. En un intento desesperado de prestar un último auxilio al amante, la chica tiró del volante hacia un lado, haciendo que el neumático chocase contra un macizo de flores.

Furioso, Claudio no tuvo otra opción. Incluso contra su voluntad, él fue obligado a regresar a la mansión. Sin saber bien lo que haría y ni qué consecuencias traerían la decisión de llevar a Adriano junto, él subió nuevamente aquella escalinata torturante. Tan pronto como entró en la habitación, todavía empuñando asustado el revólver utilizado hace algunos minutos, él constató aliviado que el empresario continuaba tendido en el suelo.

Adriano no esbozaba ninguna reacción. Su corazón aún palpitaba, pero la respiración era débil, casi inexistente. Aunque hubiese mucha sangre en el suelo, Claudio no tenía tiempo que perder. Arrodillándose ante el hombre que recibió los disparos, él usó una ropa encontrada en el suelo para retirar el arma que le quedaba en la mano. Poco después, lo envolvió en una sábana y lo sacó de la casa.

Sentada en la acera, Giovanna esperaba la llegada del ex novio, pero aún tenía esperanzas de ver al amante con salud. Los minutos que ella se quedó sin ver a Adriano eran interminables, dolorosos, llevaban más agonía a la joven que se desmanchaba en lágrimas.

Con la cabeza sobre las rodillas, ella sólo pensaba en salvar la vida del hombre que ella misma estaba ayudando a quitar. Si él sobreviviese a los disparos, al menos ya sería bueno. Incluso si descubriese lo que realmente había pasado aquella noche y no desease volver a verla, no importaba tanto. Salvar su vida era una prioridad.

Claudio colocó a Adriano bruscamente en el asiento trasero del automóvil y llamó a Giovanna. Despierta del estancamiento en el que se encontraba, ella costó a entender y solamente se levantó de la acera dura y fría cuando fue llamada por segunda vez.

Viendo al amante tirado en el banco, ella se sentó a su lado y cerró la puerta. En pocos segundos, el vehículo ya avanzaba por las calles de aquella madrugada oscura y fría. Su ruido podría ser escuchado en los alrededores, pero no despertaría ninguna desconfianza en el vecindario desde hace mucho tiempo dormido. Al salir de prisa, ellos no cerraron ni la puerta de la casa y ni siquiera el portón exterior.

Sin creer lo que acababa de suceder, Giovanna no conseguía parar las lágrimas. Horrorizada por aquella situación, ella no estaba en condiciones de razonar, mucho menos de pronunciar ninguna palabra. Era el fin de su vida, de su felicidad, de la historia romántica con el hombre amado. Adriano estaba muriendo, Giovanna también.

No menos sacudido que Giovanna, Claudio conducía mecánicamente, pasaba por semáforos cerrados y sacaba todo lo que conseguía del motor de su viejo automóvil. La situación enfrentada en la mansión había sido muy arriesgada incluso para el chico que sobrevivía - y a menudo bien - aplicando golpes de todo tipo desde la adolescencia, pero especializándose en uno en especial después de que la rubia cruzó su camino.

Aunque por poco no hubiese sido alcanzado por el tiro que Adriano logró disparar, él estaba contento por haber ganado la batalla incluso sangrienta, por haber derrotado al enemigo y por llevar consigo la recompensa por la victoria. La chaqueta llena de dinero permanecía entre las piernas y sería protegida con garras afiladas, en caso necesario.

El susto y el miedo, que alcanzaron el clímax hace algunos minutos, comenzaban a disiparse poco a poco, pero aún no permitían que las manos dejasen de sudar y de temblar y ni que volviesen a la temperatura normal. Las rodillas también temblaban y, a veces, afectaban las acciones de acelerar y de frenar.

- ¿Qué tú quieres hacer con él, Giovanna? - el conductor que ya había conducido en fugas por tres países de América del Sur preguntó después de sentirse un poco más relajado.

- Vamos a dejarlo en la puerta de un hospital. Yo puedo quedarme allá con él, entonces tú puedes continuar con tu fuga.

Claudio no comentó nada al respecto, pero sus intenciones eran completamente diferentes de las de la chica que miraba atónita para el amante, que podría estar en los últimos segundos de vida. Después de pensar durante algunos instantes más, sin embargo, el vehículo cambió de rumbo.

El hombre de treinta y seis años no arriesgaría todo lo que había logrado solo para satisfacer la voluntad de Giovanna, aunque pusiese en riesgo la vida de un ser humano. Había sido así desde que él se involucró en el primer golpe, hace unos años, no sería diferente en aquel momento. A pesar de no amarla y tampoco sentir celos por la relación mantenida con el hombre baleado, Claudio aún se sentía dueño de su cuerpo y poco o nada haría para mantenerlos juntos.

Aún atado al cinturón de seguridad, Adriano estaba caído sobre un hombro de Giovanna. La sangre corría por el pecho y manchaba de un rojo vivo - o muerto - la sábana blanca usada para envolverlo. La vida del empresario se perdía poco a poco, pero el estado en que se encontraba la amante la impedía hacer cualquier cosa por el moribundo - incluso mirarlo.

Después de girar durante varios minutos, el vehículo se detuvo en la entrada de una favela y solo algunos segundos fueron suficientes para que Claudio se deshiciese del cuerpo, arrojándolo en una acera. Incrédula y, al mismo tiempo, sin tener fuerzas para reaccionar, la chica desolada no se opuso a su actitud.

La conclusión de que Adriano ya estaba muerto acababa de sacar el resto de las fuerzas que ella poseía. Entregada a aquella cruel realidad, ella acabaría conformándose con la pérdida. Estaba todo acabado. Sueños, deseos, planes. Para la muerte no había ningún remedio.

El coche arrancó a gran velocidad y arrojó polvo y piedras hacia atrás, incluso sobre el cuerpo de Adriano. El empresario sería encontrado por la mañana, pero sería solo uno más entre otros tantos cadáveres. Acostumbrados a escenas como aquella, los habitantes del lugar no darían mayor importancia al hecho. La frecuencia con la que se encontraban los cuerpos no asustaba y ni impresionaba a nadie más.

Los niños pasarían por el lugar con sus bicicletas viejas o mochilas escolares a sus espaldas, los trabajadores pararían con sus loncheras solo un minuto antes de continuar su camino diario. Las dueñas de casa harían algunos comentarios más picantes en función de que el cuerpo estar desnudo, simplemente envuelto en una fina sábana.

Todo volvería a la normalidad en poco tiempo, aunque fuese visible en el rostro e incluso en la sábana que el muerto no pertenecía a aquella localidad. Una ambulancia llegaría varias horas más tarde, finalmente, entonces llevaría el cadáver a la morgue.

El automóvil de Claudio recorrió nuevamente las calles desiertas de la ciudad y, aproximadamente quince minutos más tarde, paró frente a una modesta casa. Aún en silencio, los cómplices de un probable latrocinio se dirigieron apresuradamente hacia ella. Giovanna se sentó en una silla cerca de una mesa de madera y, como si acabase de despertar de un largo estado de trance, volvió a empezar el llanto estancado hace algún tiempo.

Lágrima tras lágrima, el lloro se volvió incontrolable. Parecía que solo en aquel momento ella se daba cuenta de que una tragedia irreversible había ocurrido - o había sido provocada por ella y por su ex novio. El tiempo entre los disparos y aquel instante parecía jamás haber existido. La chica ni siquiera se daba cuenta de que el hombre que tanto amaba, víctima de la locura de ambos, había sido arrojado en un lugar desconocido.

Era grande la diferencia de comportamiento entre las dos personas presentes en la casa ubicada en el suburbio de la gran ciudad. Por un lado de la mesa, Giovanna era solo sollozos y lágrimas, arrepentida amargamente por todo lo que había ayudado a provocar.

En el otro lado, maravillado con el dinero y las joyas que acababa de robar, Claudio se deleitaba al abrir cada uno de los paquetes y esparcir su contenido valioso sobre la mesa. A cada fajo abierto, más se vaciaba el litro de whisky barato. Tampoco era necesario el uso de un vaso o incluso de cubitos de hielo, tamaño el éxtasis que dominaba el cerebro del hombre fuera de la ley.

Eran más de tres horas de la madrugada cuando Claudio, después de haber abierto todos los paquetes y casi vaciado el litro de whisky, comenzó a contar el dinero. Preocupado, él notó que había pocas cédulas de valores mayores, como Giovanna había informado. Viendo que su fortuna se reducía drásticamente, él revolvió los otros fajos, pero no encontró lo que esperaba. Nervioso, dio un puñetazo en la mesa.

Sorprendida por el golpe fuerte, su compañera se asustó. Mirando al dueño de la casa sencilla, ella vio que varios fajos de dinero rebotaron hacia los lados. Lo mismo ocurrió con el litro de whisky, que cayó y se rompió al tocar el suelo. Con la caída, muchos fragmentos de vidrio se esparcieron por todos los rincones de la sala, aunque solo un pequeño charco de aquella bebida amarga y dorada se había formado en el entorno.

- ¿Qué pasó? - preguntó Giovanna al salir de un estado de poca o ninguna lucidez.

- Tú me engañaste! – él gritó más fuerte que antes.

- ¿Qué quieres decir con eso?

- Mira el dinero que robamos... - muy enojado, Claudio señaló con el dedo a las papeletas esparcidas sobre la mesa. - ¿Tú ves alguna fortuna? ¡Yo no veo nada!

- Yo no entiendo - Giovanna se acercó y, aún confundida, revolvió el dinero desordenado sobre la mesa. - Adriano dijo que había mucho dinero en aquella bóveda.

- Entonces él debe haberlo escondido en otro lugar.

- Pero no existe otra bóveda en la casa... - habló intrigada la joven, que parecía haberse olvidado de que el hombre amado debería estar muerto.

- El resto del dinero debe estar escondido en otro lugar, Giovanna. Piénsalo un poco, ¿dónde podría estar?

La chica volvió a sentarse, cuando intentó imaginar dónde Adriano guardaría el producto de los constantes desfalcos que daba en la empresa en la que trabajaba hace muchos años. En el momento que se recordó del amante, ella se quedó indignada con la actitud mezquina de Claudio - y con la de ella misma.

- ¿Tú todavía piensas en conseguir más dinero? - ahora era ella quien gritaba, no le importando si algún vecino la oía. - ¿No es suficiente que tenas quitado la vida de alguien? ¿Quién eres tú? ¿Un monstruo?

Sin importarle palabras ya oídas incluso de otras personas, Claudio nada respondió, volviendo a mirar el dinero esparcido por la mesa y por el suelo. De mucho aquello no servía, ya que el hacinamiento de billetes no era la fortuna esperada por ninguna de las personas que se encontraban en la casucha. Como no tenía nada que hacer en el momento, él recogió todo y guardó en una bolsa. Poco después, la escondió en el único cuarto existente.

Giovanna le pidió a Claudio que la llevase a su apartamento tan pronto como regresase a la sala. Sin cuestionar y ni insistir, el hombre sin escrúpulos cogió las llaves del coche y se dirigió para fuera de la casa. Después de embarcarse nuevamente en el viejo automóvil, ellos se dirigieron hacia un barrio de clase media. Alrededor de las cuatro horas de la madrugada, la chica finalmente estaba de vuelta en su hogar, de donde deseaba nunca haber salido.

- ¿Qué te parece si yo también entrar y hacemos un amorcito, eh, gatita? - preguntó el conductor con una de sus sonrisas sarcásticas.

- ¿Tú aún piensas en sexo después de matar a un hombre?

- Yo mentiría si dijese que esta situación no me excita y tú lo sabes.

- Lo que yo sé es que tú eres un monstruo! - gritó la chica al salir del coche y golpear la puerta, aunque supiese que algún vecino suyo podría estar despierto a aquella hora.

Una vez más desilusionada con el hombre que la hizo mujer, Giovanna entró en el apartamento pagado por el amante ahora quizás muerto y, incluso sin encender la luz de la sala, caminó hacia el baño. Las pocas ropas que ella llevaba, que ya habían sido sacadas en la mansión de Adriano, eran arrojadas al suelo con torpeza. Si él estuviese muerto, nada más le importaría.

La chica ahora desnuda se detuvo delante del espejo del baño y contempló el rostro abatido y el cuerpo perfecto por largos segundos, entonces se recordó de todas las veces que el amante la agarraba por detrás antes y después de bañarse juntos. Las mismas cosas sucedían dentro del box de esquina, que necesitaría tener los vidrios completamente opacos, y no transparentes como eran, en caso de que alguna otra persona viviese en el mismo apartamento.

Después de tomar un largo baño, en el que no pudo volver a recordar a su amante, Giovanna se acostó en la enorme cama, lugar en el que mezcló incontables veces su cuerpo con el de Adriano. Allí ellos habían hecho el amor muchas veces de forma loca e irracional y, en otras tantas, al contrario, de una manera apasionada y tranquila.

Ella intentó olvidar la buena cantidad de veces en que había tenido sexo con algunos otros hombres en aquella misma cama, casi siempre a instancias del hombre que, en aquel momento, ya estaba de vuelta en su vieja casa, lugar donde no se quedaría por mucho tiempo. Los tantos recuerdos buenos, óptimos e incluso pésimos, sin embargo, no permitirían que Giovanna durmiese tan pronto. A pesar de los exhaustivos intentos, ella pasaría despierta durante las pocas horas que separaban aquella trágica noche de tal vez un bello amanecer.

El resto de la madrugada no estaba siendo menos agitado para algunas otras personas, principalmente para un médico que, a pesar de no estar de guardia, fue despertado hace aproximadamente dos horas. Después de colgar el teléfono y ponerse las primeras ropas que encontró por delante, Marcos dio un beso apresurado en el rostro de su esposa. Ninguna explicación mayor fue dada a la mujer no mucho despierta, excepto que él necesitaba ir al hospital donde trabajaba por décadas con toda la urgencia posible.

- ¿Tú no puedes esperar al menos hasta el amanecer, Marcos? - preguntó Taís, que casi no conseguía abrir los ojos.

Sin darle importancia a la mujer vestida solo con un suéter blanco, un minuto después él ya había dejado la habitación. Solo otro minuto fue suficiente para que un lujoso automóvil rojo dejase el garaje del edificio ubicado en un condominio suntuoso y comenzase a moverse a alta velocidad por las calles de la ciudad. Más arriba, la Luna, con su brillo cubierto por algunas nubes, no preveía lo que aún estaba por suceder en aquella inquietante madrugada.

Mientras conducía, Marcos hablaba por teléfono con otros dos médicos. Después de transitar con brutalidad por calles prácticamente desiertas, no parando en ninguno de los semáforos cerrados, él llegó finalmente al hospital donde, en la gran mayoría de las veces, solo se ocupaba de consultas. En su edad y en su status, la práctica de cirugías era rara, a pesar de ser el único eslabón que realmente unía el experimentado médico a la profesión. Incisiones y otros procedimientos quirúrgicos eran lo que lo mantenían vivo, pero faltaba tiempo para dedicarse a lo que le gustaba de verdad.

Tan pronto como llegó, él llamó a uno de los médicos de guardia a su oficina para una conversación bastante reservada. Después de algunos minutos preciosos, su colega y amigo Ángelo solicitó la presencia de Silvio y de Felipe, dos enfermeros que estaban cerca. Los cuatro profesionales discutieron algunos puntos importantes y altamente confidenciales. Una complicada trama estaba por comenzar.

Silvio, cerca de los cuarenta años, era enfermero hace poco más de media década. Después de perder su empleo como gerente financiero de una multinacional, él decidió arriesgar su vida en aquella profesión no menos agitada y, a menudo, tan estresante como la anterior.

Después de mucha resistencia de su parte y de mucha insistencia de Marta, su esposa, que era enfermera desde los veinte años de edad, el hombre delgado y bajo aceptó estudiar enfermería. Su mayor desafío, sin embargo, no fue cambiar los ordenadores y teléfonos del antiguo empleo por pacientes, medicinas y procedimientos, sino las bromas que algunos ex compañeros de empresa hicieron durante mucho tiempo.

Al contrario de lo que Silvio pensaba cuando conversaba con la esposa acerca del trabajo en el hospital, enfrentar sangre, cuerpos a veces destrozados y otros inconvenientes de la profesión de Marta fue menos difícil de lo imaginado. Ahora, ya consolidado en el nuevo empleo, el enfermero se enorgullecía de ayudar a las personas e incluso había comenzado a dedicarse a trabajos voluntarios en las horas de descanso.

Similares en apariencia, con excepción del bigote anticuado que Silvio insistía en mantener, a pesar de las críticas de Marta, Felipe era lo opuesto en todo. Más joven, pero con más tiempo en la profesión, no le gustaba lo que hacía y él trabajaba en el hospital por simple falta de opción. La ausencia de amor lo hacía un pésimo profesional y casi siempre lo ponía de mal humor. Raras eran las veces en que él daba atención y cariño a los pacientes e incluso a los colegas, gestos imprescindibles en todo el lugar, principalmente en aquel ambiente de dolor y de sufrimiento.

Felipe odiaba la profesión por no saber hacer otra cosa. Su voluntad diaria era salir corriendo del hospital e intentar la vida en otro empleo, pero la falta de oportunidades e incluso de coraje para enfrentar cambios lo obligaban a permanecer. El odio que él sentía por su profesión no era mayor que el miedo de estar desempleado y empezar de nuevo.

Un taxi que venía del aeropuerto se estacionó frente al portón de la mansión alrededor de las ocho horas de la mañana siguiente a los acontecimientos. El conductor bajó y abrió la puerta trasera, permitiendo que una mujer de mediana edad saliese. Vistiendo un abrigo blanco y una falda negra y llevando un zapato bastante alto, ella bajó del vehículo y esperó hasta que su pequeño equipaje fuese descargado.

Después de un viaje de cinco días, que podría considerarse un pequeño período de vacaciones conyugales, era bueno volver a casa. Sentir la brisa que soplaba suavemente por el barrio exquisito siempre fue placentero para aquella mujer refinada, nacida en la propia casa.

Analizando el viento que soplaba en el rosto y agitaba los cortos cabellos negros, Carla concluyó que llovería en breve. Una mirada rápida al cielo confirmó las sospechas, ya que algunas nubes oscuras pairaban sobre la ciudad.

Llevando una maleta cuadrada en una mano y una maleta pequeña en la otra, el taxista se acercó al portón y señaló con el dedo hacia el intercomunicador. Siguiendo sus pasos, la mujer bien vestida se detuvo a mitad del camino, intrigada por la escena que vio a través de las pesadas barras de hierro de la reja.

Entre dos patrullas de la policía y otros vehículos, Carla identificó el de su padre. Algo terrible le había pasado a uno de los dos hombres que ella amaba: Bernardo y Adriano. Una fuerte angustia se apoderó de la recién llegada, que necesitó ser amparada por el conductor del taxi para no caer.

Después que el sonido del timbre haberse escuchado algunas veces dentro de la mansión, una empleada abrió la puerta de madera tallada a mano y pintada con un barniz mate, revelando una realidad que tal vez la residente preferiría no compartir. Bernardo surgió en seguida. Incluso desde la acera, ella pudo ver las expresiones serias que las dos personas ostentaban, lo que fue suficiente para dejarla aún más preocupada. Si el padre aparentemente estaba bien, sólo podría haber ocurrido alguna tragedia con el marido.

El portón de hierro se abrió ruidosamente y emitió el habitual crujido tétrico de tantas veces. Carla caminó apresuradamente hacia Bernardo y se lanzó en sus brazos reconfortantes cuando lo alcanzó. Tal cual en la infancia ya lejana, la única hija mujer estaba acostumbrada a buscar protección en los brazos del padre siempre que algún problema, pequeño o grande, sacudiese las tenues estructuras de la niña rica y mimada.

El abrazo paterno fue lo suficientemente fuerte como para acallarla, pero hizo que se confirmasen sus sospechas. Si la esposa aún albergaba alguna esperanza de encontrar al marido sano, aquella manifestación de cariño parecía poner fin al asunto.

- ¿Qué pasó con Adriano, papá? – ella preguntó con los ojos llenos de lágrimas tan pronto como pudo razonar. - ¿Dónde está mi marido?

- Calma, querida, vamos a sentarnos allí - habló Bernardo mientras conducía a la hija hacia un banco de madera que se localizaba sobre un césped bien ajustado, flanqueado por innumerables árboles y por un hermoso jardín de flores coloridas.

A pasos lentos, padre e hija caminaron por la hierba y se sentaron. Aun abrazándola, Bernardo comenzó a contar lo poco que sabía acerca del yerno. Él dijo que Doris, una de las empleadas de la mansión, encontró la puerta y el portón abiertos al llegar por la mañana. Mientras intentaba consolar a su hija, el padre habló sobre el desorden en la habitación de la pareja, sobre las dos bóvedas abiertas y que Adriano debería haber sido baleado, ya que muchas manchas de sangre fueron encontradas en la cama y en el suelo.

El padre también dijo que la morgue y todos los hospitales ya habían sido contactados, pero ninguno tenía información alguna sobre el paradero del yerno. Él continuó el triste relato diciendo que la policía consideraba la posibilidad de un robo, pero tenía muchas dudas sobre cómo todo había ocurrido. No había señales de entrada forzada, ni en las puertas y ni en las bóvedas. Además, la alarma no había sonado, no había huellas en ningún lugar y ningún vecino había notado nada de anormal.

Carla escuchaba callada a los relatos, ya que ninguna palabra era lo suficientemente fuerte para conseguir salir de la boca seca. Su voluntad era gritar o, entonces, entrar corriendo en casa en busca de su marido. Aunque supiese que nada podría cambiar los acontecimientos, ella deseaba encontrar a Adriano dentro, aunque estuviese herido, o tal vez incluso bien, sonriendo su sonrisa a veces simple, pero que ella tanto amaba ver, a pesar de estar cada vez más escasos en los últimos tiempos.

Aunque el marido hubiese dejado de ser cariñoso como lo había sido al inicio del matrimonio y, sobre todo, antes de que éste ocurriese, ella aún lo amaba tanto como la primera vez que lo vio.

La mujer de cuarenta y dos años aún recordaba cómo estaba el entonces funcionario de la oficina en el momento en que ella entró para hablar con su padre. Había sido pasión a primera vista, aunque el muchacho prácticamente no hubiese notado su presencia, por más que ella se tuviese se esforzado. Adriano solo se interesó cuando se dio cuenta de que, siendo la hija del presidente de la empresa, una relación amorosa podría convertirse en poder - y dinero.

Había llegado el momento de que la esposa enfrentaría la dura realidad, aunque aquello no fuese una virtud suya. Sujetando a su hija por el brazo, Bernardo le costó convencerla de que ellos deberían entrar para conversar con los policías, además de ver en qué situación la mansión había sido dejada.

Ella se levantó lentamente de aquel banco de madera, aunque desease estar pegada para siempre, desease que su presencia no fuese necesaria en ningún lugar. La mujer insegura quería hacer de cuenta que nada había sucedido - como siempre. Su deseo era saltar aquel día y pasar automáticamente al siguiente. Entonces, ella entraría tranquilamente por la puerta del frente, encontraría a Adriano y su sonrisa hermosa - aunque rara, y continuaría la vida a veces mediocre, huyendo como de costumbre de los problemas, cerrando muchas veces los ojos para una realidad cruel, pero inevitable.

Sin otra alternativa, Carla caminó hacia la puerta de la mansión y, bajo las miradas de condolencia de policías, de los empleados y de algunos amigos más íntimos, aún abrazada al padre, entró finalmente.

Callada, ella observó a varios policías caminando alucinados por todos lados. Uno de ellos fotografiaba todo, otro tomaba nota de algo en un bloque y otro parecía buscar huellas digitales como en las películas que ella veía a veces - siempre sola, ya que el marido generalmente no la acompañaba.

Los amigos, viejos conocidos de la pareja y de Bernardo, fueron a conversar con la recién llegada de viaje tan pronto la vieron. Los saludos discretos y casi mudos esbozaban el pesar que se abatía por todos los presentes en la sala.

Un policía terminó la conversación que mantenía con dos colegas y caminó hacia la mujer sacudida psicológicamente, apretó su mano fría y temblorosa y se identificó. Sin embargo, ella no conseguía oír lo que él decía, mucho menos tendría c condiciones de reconocerlo, en caso de que lo encontrase más tarde. El nombre Cristián estaba grabado en la insignia metálica, pero ella no conseguía leer siquiera la palabra que parecía estar escrita en una lengua extraña igual a las encontradas en cavernas o en antiguos manuscritos.

El comisario preguntó varias cosas, que fueron casi en su totalidad respondidas por Bernardo. Carla no estaba en condiciones de hablar, menos aún de razonar. Aquel interrogatorio despiadado la hacía sentir sospechosa, hacía que se sintiese la culpable por la desaparición del contenido de las bóvedas e incluso por los tres disparos que probablemente le habían quitado la vida del hombre amado.

Todo lo que ella deseaba era llorar en paz las lágrimas que rodaban por el rostro incesantemente, sufrir sola su tristeza y no formar parte de aquello. Ella quería ignorar todo el sufrimiento y comenzar de nuevo, otra vez del lado de Adriano. Nada de aquello estaba sucediendo, nada era real.

Cristián quiso saber el motivo de la ausencia de la esposa durante los acontecimientos. Sin que ella tuviese condiciones de hablar, Bernardo explicó que el viaje había durado algunos días y que la llegada estaba prevista desde antes de la salida. Él dio un breve relato del guion hecho por la hija, ilustrado por algunos pocos comentarios de la propia Carla, que comenzó a responder a algunas preguntas que juzgó normales en tales acontecimientos, incluyendo su relación con su marido y la posibilidad de que tenga enemigos.

Satisfechos los cuestionamientos del comisario, la mujer triste preguntó si podría ir al cuarto que compartía con su marido. Aún amparada por su padre, ella inició la penosa escalada de los escalones que llevaban al piso superior de la mansión. Muchos recuerdos pasaron por su cabeza durante el recorrido - buenos y malos. Sin embargo, nada se comparaba con el dolor que se apoderaba de ella en aquel momento.

En la puerta entreabierta del cuarto, en fin, la última esperanza de encontrar a Adriano a salvo acababa de disiparse. En lugar del marido - y de su rara sonrisa, solo había un montón de sábanas y almohadas manchadas de sangre. Después de contemplar la escena aterradora por algunos segundos, ella le pidió a su padre que la dejase sola. Sin contestar, Bernardo dio un beso cariñoso en el rostro de la hija y bajó lentamente la escalera.

Carla pasó los ojos afligidos por el aposento donde había sido feliz en varios momentos, pero no todos, entonces observó cada detalle del completo desorden en el que todo se encontraba. Había papeles esparcidos por el suelo, pero ciertamente ninguno de ellos tenía alguna importancia. Una de las lámparas estaba rota, caída al lado de la cama. Irónicamente, la lámpara permanecía encendida como si aquella tenue luz significase vida.

Algunos pasos hacia la bóveda abierta le hicieron notar que aquella fortaleza de acero estaba prácticamente vacía. Acercándose a la mesita de noche que estaba al lado de la cama en la que su marido dormía generalmente, ella miró el cajón abierto y se dio cuenta de que el revólver no estaba allí. Carla recordó cuántas veces le rogó a Adriano que se deshiciese del arma, ya que temía por consecuencias tan imprevisibles como aquella.

Amante de la vida, ella detestaba el uso de armas de fuego y ya había convencido a su padre de deshacerse de una pequeña pero valiosa colección de armas antiguas. A pesar de concordar con el deseo de la hija, fue con mucha tristeza que Bernardo se deshizo de dos docenas de fusiles, pistolas y revólveres, donando todo a un museo.

En casa, sin embargo, las cosas no fueron tan fáciles. El marido se resistía a las apelaciones de la esposa y, aunque la contrariase, mantenía un arma al lado de la cama bajo el argumento de la necesidad de protección. Y, sabiendo que Carla nunca estaría de acuerdo con la existencia de otro revólver, dejaba una pistola escondida en la bóveda de la habitación.

Adriano no se preocupaba mucho porque sabía que ella raramente tocaría sus cosas. Sin embargo, ni él y ni la esposa sospecharían que el arma escondida en la bóveda sería utilizada para matar a su dueño.

Carla parecía estar escuchando la voz de su marido cuando justificaba la necesidad de mantener el arma en una casa tan bien protegida por alarmas, rejas y cercas eléctricas: "No te preocupes, querida. El revólver solo sirve para protegernos. Nadie sabe de su existencia".

Desde la ventana de la habitación, ella veía las primeras gotas de lluvia chocando contra el vidrio, confirmando el pronóstico hecho al regresar del aeropuerto. Mirando hacia afuera, Carla dejó vagar el pensamiento, cuando recuerdos de una infancia lejana volvieron a su memoria.

Alegrías, tristezas, encantamientos, dudas, amigos nunca más encontrados. Ella veía, a través del vidrio mojado, a la niña alegre corriendo entre aquellos mismos árboles, en aquel mismo césped. Las bromas con las amiguitas, con el padre y con la madre, que vendría a fallecer algunos años más tarde, también formaban parte de los recuerdos felices y amargos.

Poco después, las gotas de lluvia se volvieron más impetuosas y ruidosas. Empujadas por el viento, corrían sinuosamente por los vidrios de la ventana. En el interior no era diferente, pues varias lágrimas no se cansaban de correr por su rostro.

Carla se encerró en su habitación durante casi una hora, cuando lloró todas las lágrimas que consiguió. Un dolor inmenso consumía su pecho y su voluntad era únicamente de acabar con la propia vida, ya que nada más le quedaba. Ella no tenía ni siquiera un hijo de Adriano para consolarla en aquel momento. El fruto de un amor casi unilateral podría, al menos, suavizar un poco el llanto.

¿Cuántas veces ella misma había postergado el embarazo por considerar que aún no había llegado el momento correcto? Ahora, el hijo podría hacer las cosas menos difíciles, traería un poco de consuelo, aliviaría el dolor que tanto la atormentaba, daría fuerzas para que ella continuase viviendo.

Poco a poco, la gran casa comenzó a hacerse pequeña para acomodar a los parientes y amigos que llegaban en todo momento para expresar los sentimientos a la familia, pero también para intentar descubrir lo que realmente había sucedido la noche anterior.

Las llamadas a hospitales y salas de emergencias continuaban, pero no daban ningún resultado. Ni en la morgue se obtuvo ninguna información que aclarase el misterio y respondiese a las tantas preguntas formuladas por todos. Adriano parecía haberse evaporado.

Pareciéndose más a la fallecida que a una probable viuda, Carla finalmente salió de sus aposentos. Al bajar la escalera, ella tuvo la impresión de estar entrando en un velatorio. Para tanto, faltaban apenas las velas, las flores y un ataúd con un difunto. Ella buscó inmediatamente la compañía del padre, que estaba conversando con algunos parientes.

Faltaba poco para el mediodía cuando un cadáver llegaba a la morgue. Encontrado en una favela muy temprano en la mañana, el hombre baleado, con aproximadamente cuarenta años de edad, había sido recogido después de las diez de la mañana, a pesar de los diversos llamamientos de los residentes del lugar. Aunque los retrasos en la extracción de los cuerpos encontrados en aquellas condiciones eran habituales, los hechos de aquel tipo no mitigaban la indignación que sentían las personas.

Sin ninguna documentación o cualquier indicio que pudiese llevar a las autoridades a su verdadero nombre, el cuerpo necesitaría esperar exámenes más minuciosos para que fuese verificada su identidad. La burocracia del órgano al cual el difunto había sido llevado, sin embargo, mediría el tiempo que la identificación podría tardar. Menos tiempo tardaría si los parientes del fallecido lo localizasen.

Después de esperar un poco más a que se hiciesen los arreglos, cuando el cuerpo finalmente sería envasado en una cámara fría, un empleado de la morgue finalmente recibía órdenes. Año tras año realizando aquel mismo trabajo, nada más le impresionaba. Como en tantas otras oportunidades, se estaba iniciando otro triste traslado.

Alberto, uno de los funcionarios más antiguos, era generalmente la persona designada para cumplir tal tarea. Vestido de blanco como un enfermero, aquel señor de más de cincuenta años empujaba una camilla a través de un largo y aterrador pasillo. Iluminado por lámparas fluorescentes, había varias puertas en el camino, siendo la última la de la cámara fría.

No se molestando con la escena mórbida de la que formaba parte, ni con el cuerpo del hombre baleado frente a él y tampoco con el parpadeo incesante y ruidoso de una de las lámparas, el hombre acostumbrado a aquel trabajo nefasto conducía el difunto como si empujase el carrito de compras en un supermercado.

¿Cuántas veces aquel mismo empleado había repetido aquel trabajo? Al sonido del silbido de una música alegre y del crujir de las ruedas envejecidas y un poco oxidadas, Alberto más se parecía a un médico loco igual a algunos personajes inmortalizados por el cine de horror.

Después de atravesar el pasillo forrado con azulejos blancos, el cuerpo del muerto finalmente llegó a su destino. Al sonido de la misma música en los últimos minutos, la camilla pasó por la puerta de una gran sala. Luego después, el empleado de la morgue abrió un cajón enorme, que se parecía a la boca de un monstruo hambriento. La boca sedienta de muerte se tragó al hombre desnudo, cuya única identificación se reducía a una etiqueta atada al dedo del pie.

Ignorando la historia, la procedencia y la identidad del muerto, Alberto ni desconfiaba que aquel cuerpo no descansaría tan pronto, contrariando el destino normal de todos los cadáveres entregados a su cuidado. El hombre vestido de blanco cerró la puerta de la cámara fría y arrastró de nuevo la vieja camilla por el pasillo. El cadáver consiguió descansar en el cajón frío algunas horas después de haber sido encontrado.

Al otro lado de la ciudad, Giovanna despertaba de una noche maligna, repleta de tragedias reales y de pesadillas abstractas. Exhausta y con ojeras profundas y oscuras, ella intentaba separar lo que realmente había ocurrido la noche anterior de los monstruos que la persiguieron durante las pocas horas en que logró dormir.

La chica se levantó para descubrir dónde estaba, pero la cabeza parecía pesar cien kilos, lo que la hizo caer nuevamente en la cama. La habitación estaba muy oscura con la ventana cerrada, haciendo que se pareciese a un mausoleo en el que el cuerpo de su amante seguramente sería encerrado pronto. La luz de la lámpara se encendió podo después, cuando ella se dio cuenta de que estaba en su cama. Un dolor muy fuerte volvió a abatirse sobre ella al recordar los acontecimientos catastróficos.

- ¿Por qué? - Giovanna gritó desesperada, después repitió, esta vez en voz baja, palabras que ella misma casi no conseguía escuchar. - ¿Por qué? ¿Por qué? ¿Por qué?

Un pequeño portarretratos colocado al lado de la cama mostraba una foto suya y de Adriano sonriendo. A su lado, a diferencia de cuando estaba con Carla, la sonrisa del empresario no era escasa. La chica tomó la foto, miró por un largo minuto, después la llevó al pecho y la apretó con todas las fuerzas que aún quedaban. Ella se quedó dormida otra vez, abrazada a la pintura, como si nada hubiese pasado anoche. Era como si su amante estuviese otra vez feliz en aquella cama, en el cielo o en cualquier otro lugar.

En el mismo momento, dispuesto a gastar hasta el último centavo del dinero robado, Claudio ya estaba bien lejos de su vieja casa. Su sueño de consumo no consistía en mucho más que bebidas, juegos, mujeres y diversión, siendo que ninguno de ellos necesariamente tenía que ser caro.

El escondite elegido por el forajido fue Punta del Este. Coincidentemente, aquel era uno de los lugares en que Giovanna y Adriano soñaban visitar tan pronto como pudiesen finalmente huir del país. La temperatura y el clima de aquella época del año no eran tan atractivos, pero no importaba. Aquella playa y sus casinos luminosos serían el lugar donde tantos deseos podrían ser satisfechos.

El avión aterrizó en el aeropuerto uruguayo a primera hora de la noche. Después de informarse con el conductor del taxi que lo conducía por la bella ciudad, Claudio se hospedó en un hotel de alta clase, que era provisto de casino, salón de fiestas y piscina, entre otras mayordomías. El apartamento era digno de quien tenía mucho dinero para gastar y propio para realizar sueños tan calientes como pecaminosos.

Después de acomodarse en la lujosa habitación, él fue a conocer la ciudad. Todo era hermoso y todo era nuevo en el pequeño país situado en el sur del continente americano. Como nunca había estado en un lugar tan hermoso, el fugitivo se maravilló con todo lo que veía. Era grande la cantidad de hoteles, casinos y bares a disposición de los turistas y de los propios habitantes. Él se sintió feliz de ser parte de aquella agitación y sintió que los próximos días serían muy agradables.

El hombre que se apropió indebidamente de la pequeña fortuna que Adriano guardaba en casa atravesaba la madrugada apostando en Black Jack, Póker y otros juegos disponibles para personas que disponían de mucho dinero para arriesgar y que estaban buscando muchos placeres materiales.

La segunda noche de apuestas fue el momento de mayor suerte de toda su vida. Parecía que todos los buenos vientos soplaban a su favor, parecía que todos los dioses estaban dispuestos a ayudarlo. Claudio ganó mucho dinero en aquella oportunidad, lo que despertó la atención de muchas mujeres que frecuentaban los casinos todas las noches.

Siempre de guardia en los lugares donde el dinero giraba fácil, no tardó mucho para que aquellas mujeres, fascinadas por una vida fácil o simplemente por los placeres que el dinero podría ofrecer en una noche, se acercaran al hombre aparentemente adinerado.

Claudio pronto se vio rodeado de rubias, pelirrojas y morenas. Con grandes sonrisas, estampadas en hermosos rostros, mujeres de varias edades se parecían a buitres en busca de carroña. Como él apreciaba el comportamiento vulgar que algunas personas presentaban, ellas eran recibidas con cordialidad y bebidas pagadas a precio de oro, servidas por camareros educados y bien vestidos.

Una cama cualquiera, escenario de mucha diversión y orgía, sería el destino habitual de personas con tal índole. Un regalo caro o incluso un pago en efectivo no faltarían antes de la despedida, al final de la mañana del día siguiente, como si todo aquello formase parte de un ritual.

Mientras tanto, en un barrio de clase media, una joven vivía aún más solitariamente sus días, adoraba en silencio el amor que unía el mundo de los vivos al de los muertos. La nostalgia corroía el corazón amargado y arrepentido por los acontecimientos que, de cierta forma, habían ayudado a convertirse en su dura realidad de hoy. Aun consciente de que jamás volvería a suceder, el cuerpo de Giovanna aún deseaba ser poseído por Adriano, aún suplicaba por los besos ardientes, por las palabras de cariño y por el sexo muchas veces tranquilo que los envolvía.

Ella no tenía la menor idea de cómo viviría lejos de su amado y ni conseguía admitir que él estuviese muerto, pero deseaba la propia muerte al recordarse que sus actitudes impensadas y enfermizas habían dado una contribución fundamental para que ocurriese tal hecho.

Desnuda como de costumbre cuando se quedaba en el apartamento, sola o acompañada, ahora la chica se retorcía en la cama donde tantas veces había hecho el amor con Adriano, con Claudio y también con otros hombres.

Ella se agarraba a la almohada que el amante usaba para dormir a su lado durante noches enteras o simplemente después de algunos momentos de amor. Un segundo después, sumergía el rostro en la almohada suave en un intento de sentir de nuevo aquel perfume embriagador, al mismo tiempo que deseaba usarlo como arma para quitarse la vida, que no tenía sentido desde hacía varios días.

El olor de Adriano todavía estaba impregnado en la almohada, trayendo de vuelta un pasado lleno de felicidad y de buenos recuerdos. Era desesperante constatar que ella nunca más vería al hombre amado, que jamás se acostaría otra vez a su lado, que él nunca más usaría aquella almohada para dormir o para tener sexo con ella.

Pensar en cosas así hizo que Giovanna decidiese que jamás cambiaría aquella funda azul clara bordada con motivos suaves en color blanco. El tejido recordaba el cielo, lugar en el cual debería estar ahora el alma de Adriano. En su imaginación, nubes y ángeles desfilaban por la funda de la almohada ahora sin dueño, ahora sin uso, ahora sin vida.

Con el cuerpo desnudo expuesto a las paredes de aquel cuarto frío y solitario, la carne bronceada de Giovanna ardía de deseo, quemaba de anhelo por un sexo que no se repetiría más. Ella nunca más tendría al hombre que aún habitaba profundamente su corazón ahora en pedazos, nunca más sus cuerpos harían aquella cama crujir con movimientos ruidosos, ni los vecinos de los otros apartamentos serían nuevamente molestados por los gritos y gemidos de placer muchas veces incontrolables que ocurrían por la mañana, por la tarde y, no tanto esporádicamente, a altas horas de la madrugada.

En medio de una alucinación, la chica puede sentir el cuerpo caliente del amante acostarse sobre el suyo, sintió él penetrándola profundamente, se sintió nuevamente amada por su Adriano. Él estaba otra vez allí, en aquella cama, amando a su cuerpo sediento. Él había vuelto y jamás la abandonaría de nuevo.

Después de varios minutos locos, en los cuales fue tomada por un fuerte delirio, Giovanna alcanzó un intenso orgasmo. Aún dopada por la necesidad de tener a Adriano otra vez para sí, ella jamás sabría que fueron sus propias manos las que provocaron tanto placer. Poco después, la chica tranquila se durmió nuevamente, otra vez abrazada a la almohada que pertenecía al amante.

Al otro lado de la ciudad, en un barrio sofisticado y exclusivamente residencial, otra mujer sentía mucho la falta del mismo hombre desaparecido hace días. Sin aún poder ser considerada viuda de verdad, ya que el cuerpo no había sido encontrado, Carla sufría al encontrarse diariamente con los objetos de Adriano - e incluso la almohada que él usaba cuando dormía en la cama de la pareja.

Los recuerdos de un matrimonio en el que uno amaba más y alguien amaba menos - o ni amaba - marcaban el día a día de quien no tenía ningún quehacer que pudiese proporcionar cualquier distracción.

Indiferente a todo el sufrimiento que se abatía sobre las dos viudas del mismo hombre, un comisario llevaba adelante las investigaciones de la manera que conseguía. Con el fin de descubrir lo que había ocurrido aquella noche trágica y de desentrañar el paradero de Adriano - o de su cuerpo, Cristián se empeñaba al máximo para honrar el cargo. Sin embargo, ni las noches pasadas en claro y ni el trabajo agotador daban una pista siquiera.

Una reputación construida en años de servicio dedicado, mantenida gracias a sus propios méritos y esfuerzos, no podría ser sacudida por ningún caso. Aquel, sin embargo, era muy difícil de investigar. No desentrañar el misterio que se creó alrededor de la desaparición del empresario estaba pareciendo la peor cosa del mundo. Sin embargo, si el comisario tuviese éxito, seguramente conseguiría un buen ascenso, pero la satisfacción y el reconocimiento por otro trabajo bien hecho eran sus principales objetivos.

Nadie había visto y ni oído nada, así como no había huellas en ningún lugar. Adriano, aparentemente, no tenía enemigos, lo que reducía aún más el abanico de posibilidades. El matrimonio con Carla iba bastante bien, al menos a los ojos de la sociedad y de su círculo de amistades.

Un día, Cristián fue a visitar a la esposa de Adriano. A pesar de considerar la visita incómoda, Carla lo trató bien, ya que la educación se constituía en una de sus mayores virtudes. Ella tuvo que responder a muchas preguntas acerca del pasado de su marido, de su matrimonio y de otras cuestiones que el comisario juzgaba importantes y que podrían ser la clave para esclarecer el caso intrincado.

Después que una funcionaria sirvió cafés a las dos personas sentadas en la sala de la mansión, ella contó que el hombre desaparecido llevaba una vida tranquila, sin problemas y sin desavenencias. Sin saber que se había robado dinero de la bóveda e ignorando el hecho de compartir el marido con otra mujer, ella contó que algunas joyas que estaban guardadas en la bóveda de la habitación habían desaparecido.

A pesar de anotar varias cosas en un bloque, Cristián no obtuvo ningún dato nuevo y continuó sin ninguna pista, sin ningún sospechoso que lo llevase a descubrir lo que había ocurrido en el cuarto que estaba en el piso superior de la bella mansión. La única ventaja de la visita resultó ser la taza de un delicioso café.

Mientras tanto, Giovanna languidecía en su apartamento, saliendo muy poco a la calle. Ella pasaba la mayor parte del tiempo desconsolada, acostada en la cama, continuaba abatida por la pérdida irreparable. La angustia y el remordimiento aún consumían su pecho tanto cuanto el día de la tragedia y hacían todo más difícil. Los días eran cada vez más largos. Las noches eran interminables y dolorosas.

Mirando el teléfono al lado de la cama, ella ya no consiguió más resistir las llamadas del corazón agonizante. Aunque supiese que Adriano no podría contestar, su corazón roto la empujó a llamar a su teléfono celular. Sin embargo, el dispositivo probablemente estaba sin batería, además de estar protegido por una contraseña indescifrable.

Después de tres intentos, ya que todos habían caído al buzón de voz, ella se arriesgó a llamar al teléfono fijo de la mansión. Casi sin fuerzas para apretar las teclas debido a la tristeza y también por causa de la desnutrición en la que se encontraba, la niña tuvo grandes dificultades para concluir la conexión.

Algunos segundos después, como si nada hubiese sucedido, como si todo el sufrimiento y todo el horror por la pérdida del amante no hubiesen pasado de una terrible pesadilla, la voz de Adriano sonó nuevamente en los oídos de la amante, llegando hasta su núcleo, como siempre ocurría.

- Por favor, deje su nombre y mensaje después del tono.

Era triste para ella constatar que la esposa - y rival - aún no había percibido que la voz del marido continuaba en la contestadora. Por otro lado, escucharla de nuevo, incluso no siendo más que una grabación, le daba un poco de consuelo a aquel corazón herido. Sin embargo, la joven de veintidós años no se olvidaba por ningún instante del amante, de sus besos, abrazos, caricias y palabras, lo que la impulsaría a llamar de nuevo a la mansión muchas otras veces en aquel y en los próximos días.

Carla, casi tan inconsolable como la amante del marido, ya había sido alertada de la grabación. Varios amigos y conocidos le habían pedido que cambiase el mensaje. Sin embargo, ella no lo hizo por falta de ánimo, ya que no telefoneaba para su casa ni una sola vez.

Con los ojos llenos de lágrimas y con la mano apretando fuertemente el teléfono, Giovanna se aferraba a aquella voz para continuar sobreviviendo. Muchas veces, ella parecía no saber que aquello era solo una ilusión, ya que la dura realidad golpeaba a su puerta diariamente. Su vida ya no tenía sentido y la había convertido en una persona despreciable.

La joven se alimentaba de aquella voz fría y sin vida para continuar su vida, igualmente fría y sin vida. Sus ojos llenos de lágrimas se enredaban y distorsionaban su visión. Las lágrimas que se hacían presentes en sus ojos daban vida a los muebles, que rodeaban alucinadamente la penumbra del cuarto. Ellos se veían como fantasmas acechando a la gente en un cementerio oscuro.

Giovanna volvió a llamar a la mansión algún tiempo después, ya que escuchar nuevamente la voz de Adriano se había convertido en una adicción.

Como si fuese una dependiente química, la grabación era la droga que la mantenía viva, lanzándola en un círculo vicioso imposible de abandonar.

- Oh, amor... – ella susurró al colgar el teléfono y tirarlo al suelo. Mientras tanto, al otro lado de la línea, el contestador estaba esperando un mensaje que no iba a ser dejado.

- ¿Por qué te fuiste y me dejaste aquí, mi amor? – ella susurró mientras se revolcaba en la cama fría y vacía. - ¿Por qué te fuiste? ¿Por qué?

El delirio la hizo dormir, aunque la siesta no fuese suficiente para recuperar las fuerzas perdidas en los últimos días. Sacudida por el arrepentimiento, Giovanna era ahora atormentada por pesadillas terribles. Despertando de la corta siesta algunos minutos después, era preferible incluso estar despierta, ya que los fantasmas la asustaban menos cuando estaba con los ojos abiertos.

Poco después, la chica volvió a llamar a la casa de Adriano. Aquella grabación la entumecía cada vez más, pero era la única forma de mantenerse conectada al hombre que aún era amado. Aquella voz fría y sin vida entró nuevamente por sus oídos y la hizo sentir su calor una vez más, aunque solo fuese por algunos segundos.

Sentado en la mesa de un bar, el comisario responsable de la investigación del caso de Adriano estaba acompañado por un viejo amigo. Ellos ya habían tomado dos cervezas, aunque el frío del otoño sugería una bebida más caliente. Aquella, sin embargo, era la preferida de ambos.

Marcelo era uno de aquellos amigos sinceros e incondicionales, que tal vez tenía aquellas y otras cualidades por haber sufrido bastante en la vida. Dentista desde la conclusión del segundo curso superior, él ya había intentado medicina, en la cual trabajó por algunos pocos años. Además de no haberse adaptado a la profesión como debería o quisiese, otro también fue el motivo que lo hizo entrar nuevamente en las aulas y buscar nuevos horizontes.

El primer encuentro de los dos amigos había ocurrido cerca de siete años antes y fue propiciado por la depresión por la que el entonces médico pasaba. Era verano, época de playa y tranquilidad, si ambos no estuviesen trabajando. Cristián estaba solo, sentado en la mesa que estaba detrás de aquel mismo bar. Algún tiempo después, el desconocido se acercó con la cerveza y el vaso en las manos y preguntó si podría sentarse a su lado.

Después de algunos minutos de una conversación un poco formal, en la que los nuevos amigos se presentaron e hicieron algunos comentarios al respecto sobre las profesiones y algunos otros asuntos, Marcelo abrió el corazón y reveló el motivo de tanta tristeza.

Él se había enamorado de una enfermera que trabajaba en el mismo hospital. Después de algunas conversaciones por los pasillos y también de algunos besos a escondidas, Tania prefirió terminar con un relacionamiento que, según ella, se estaba poniendo serio y peligroso. La afirmación de la mujer casada era el temor por las consecuencias de aquel romance clandestino por causa del marido.

Después de un sorbo más de cerveza, Marcelo contó que fue con un último y apasionado beso en la boca que ella terminó la breve novela. Antes del último beso, la enfermera dijo que también se estaba enamorando del médico, pero tenía miedo de lo que podría pasarle a ella, a sus dos hijas e incluso a él.

El médico no se conformaba con la separación, justificando que el marido no descubriría el caso que mantenían hace poco tiempo, si ellos actuasen normalmente delante de los compañeros de trabajo y de las demás personas.

A pesar de todo, Tania se mostró inflexible y mantuvo la decisión de terminar. Ni siquiera parecía que aquella aventura excitante, vivida detrás de armarios blancos repletos de medicinas, o entre los pasillos del mismo color, había revuelto con aquella mujer interesante, que ya pasaba de los treinta años.

Sin poder aceptar la decisión, principalmente porque la enfermera se confesaba enamorada hace tan poco tiempo, Marcelo continuó buscándola en los días que siguieron, en un intento de reanudar un romance peligroso, repleto de fantasías. Sin embargo, ella fue enfática en la nueva y última conversación. Ni las notas apasionadas que él envió después, todas anónimas, adelantaron. Parecía que ella realmente había renunciado a la pasión secreta y decidió quedarse con su marido y sus hijas.

Aproximadamente un mes después de la ruptura, mientras caminaba por un pasillo del hospital, el médico pilló a la ex amante besándose con un enfermero. Los ojos vivos y agitados de Tania no se intimidaron con la llegada repentina de Marcelo y no mostraron ninguna vergüenza por haberlo engañado descaradamente. La mirada represiva que ella le echó al hombre con el que tuvo un breve y excitante romance a escondidas fue suficiente para que él se diese cuenta de que no tenía ninguna chance.

Caía por tierra toda la pasión dedicada a la bella enfermera de cabellos cortos y negros, cuyos ojos también oscuros eran como dos bolas vivas que no paraban de moverse ni un minuto. Percibiendo que todo no había pasado de una broma para aquella mujer adúltera, Marcelo concluyó que su vida debería estar repleta de aventuras amorosas y de casos extraconyugales.

Aquel enfermero ciertamente no sería su última relación secreta, así como el médico ahora experimentaba la incómoda sensación de que no había sido el primer hombre a besar aquellos labios suaves después de que ella se casó, como ella misma había revelado un día. A juzgar por el escote de las blusas y las ropas ajustada que llevaba Tania, la enfermera había hecho otro hombre de tonto.

Después de varios años, ya no había marcas de aquel dolor. Marcelo se había casado recientemente con Carina, una cliente de su propio consultorio dental, ya tenía un hijo con ella y ambos eran su razón de vivir. El ex médico se recordaba rarísimas veces del caso ocurrido en el hospital, del cual solo había restado un poco de sufrimiento y una gran repugnancia hacia aquella mujer deshonesta.

Esta vez, sin embargo, era Cristián quien tenía problemas. Aunque no fuesen sentimentales, eran bastante serios y necesitaban consejos de un amigo. El comisario relató todas las dificultades que enfrentaba en el caso de la desaparición de Adriano y de la falta de pistas que lo llevasen al paradero del cuerpo. Para completar, explicaba él, no faltaba uno u otro compañero gracioso para empeorar la situación en la comisaría.

- ¿Y por qué tú no vuelves a la morgue? - preguntó Marcelo, que bromeó: - Puede haber algún difunto escondido en algún rincón, olvidado en algún cajón...

- ¿Volver para qué? ¿Tú crees que las cosas son tan fáciles de resolver?

- No va a empeorar, ¿verdad? - ponderó al amigo dentista mientras llenaba los dos vasos con aquella cerveza oscura y fuerte, propia para tomarse en una estación fría.

Cristián pensó en el asunto, pero no creía que existía la menor posibilidad de descubrir en la morgue algo que pudiese cambiar el rumbo de la investigación o incluso que ayudase un poco. Además, aquel trabajo ya se había hecho poco después de la desaparición del empresario. Todo indicaba que no podría surtir ningún efecto.

- ¡No! De nada sirve regresar a la morgue. Además, aquel lugar me da escalofríos... - confesó el comisario, colocando el vaso en la mesa tras otro trago. - Aquellos cuerpos helados me asustan.

- Estoy de acuerdo contigo. Tampoco me gusta la muerte, y he estado cara a cara con ella muchas veces.

Marcelo se sumergió en recuerdos de la época en que trabajaba en el hospital. Era terrible aceptar que un paciente muriese bajo sus cuidados. El médico se sentía un completo inútil cuando perdía el juego hacia la muerte. El primero en morir en sus manos fue un hombre de poco más de sesenta años que estaba esperando por un trasplante de corazón durante mucho tiempo. Como la donación no sucedió, el paciente no resistió.

El actual dentista no conseguía entender por qué existían tan pocos órganos humanos para trasplante a disposición de los médicos en un universo tan grande de posibles donantes. Él no aceptaba el hecho de que muchas personas no se concientizaban de la importancia de donar los órganos de los familiares fallecidos, principalmente porque tal acto podría significar la prolongación de la vida del ser querido. Ni siquiera la gratitud y la felicidad de la familia de una persona trasplantada eran suficientes para cambiar el cuadro.

- Yo continúo pensando que tú deberías volver y tratar de averiguar algo - continuó el dentista. - Un cuerpo no puede desaparecer así. Alguien tiene que haber visto algo, notado algún detalle que pasó desapercibido a los ojos de otras personas.

- Verdad... - estuvo de acuerdo Cristián, que no tenía nada que perder. - Creo que tú tienes razón. Al menos, no empeorará las cosas.

Marcelo llenó de nuevo las copas con el resto de aquella cerveza oscura, por lo que llamó una vez más al camarero y le pidió que repitiese la ronda.

- Bueno, amigo mío, ¿qué tal si cambiamos de tema? - él habló enseguida. - Esta cerveza está demasiado buena para desperdiciarla con cosas desagradables.

- Una vez más, tú tienes razón, sobre todo en esos temas morbosos.

Los amigos hicieron un brindis con los vasos llenos de cerveza, entonces comenzaron a hablar sobre cosas más amenas. La conversación sin compromiso duró más algún tiempo, cuando Cristián y Marcelo se despidieron y regresaron a sus hogares. El dentista volvería a la intimidad de su hogar, donde esposa e hijo lo esperaban. El comisario, por su parte, retornaría al apartamento que compartía con un pececito dorado. El único ser vivo que vivía con él nadaba tranquilo dentro de un pequeño acuario mientras esperaba la llegada del dueño.

El nuevo día comenzó antes de lo que Cristián hubiese querido. Un terrible dolor de cabeza, resultado de las innumerables cervezas que había tomado con Marcelo la noche anterior, lo obligó a despertar aún de madrugada. El reloj estaba a punto de marcar cinco horas de la mañana cuando él ya no pudo soportar la incomodidad que le impedía incluso de permanecer en la cama.

El comisario se levantó y fue a la cocina a preparar un café fuerte. Mientras el agua se calentaba, le dio un poco de comida al pececito que, debido a la distracción del dueño y a la falta de tiempo para pensar en el asunto, ni nombre tenía. El "Pececito", como era llamado el pequeño animal, nadaba por el agua límpida del pequeño acuario rectangular en medio de algunas piedrecitas y de una pequeña planta de plástico.

- ¡Buenos días, Pececito! - exclamó el comisario sonriendo, a pesar de que el dolor es lo suficientemente fuerte como para quitar el humor.

El pez nada respondió, apenas paró de nadar y se quedó mirando para aquel bicho extraño que miraba en sus ojos y movía la boca sin producir ningún sonido – inteligible o audible a él, al menos. Después de alimentarlo, Cristián regresó a la cocina. El agua ya estaba hirviendo y su café pronto estaría listo. Luego él se sentó en una silla que estaba cerca de la ventana. El café no se parecía en nada al que se servía en la mansión de Carla, pero sabía bien.

Observando el movimiento del día que se iniciaba a través de la ventana que quedaba en el quinto piso de un edificio del centro de la ciudad, el comisario dividió los pensamientos entre Solange, una ex compañera, y la sugerencia hecha por Marcelo la noche anterior.

Algunas horas después, el efecto proporcionado por aquel hermoso amanecer ya no era el mismo. La comisaría estaba muy ocupada y Cristián solo esperaba que el día acabase de una vez. Entonces, él tendría dos opciones. O volvería a casa y disfrutaría de la compañía de Pececito, o iba a un bar y se encontraría con algunos amigos. La primera opción fue escogida en función del terrible dolor que le quitó el sueño aún de madrugada y tardó dos horas en pasar. Su pez podría agradecérselo, ya que tendría a quien mirar aquella noche.

Al llegar en casa, Cristián tomó un baño y se sentó en el pequeño balcón del apartamento. Pasando gran parte del estrés de aquel día tenso, él quedó apreciando el movimiento de los coches y de las personas allá abajo. Una canción en un volumen medio hacía compañía al comisario y al pez, que continuaba abandonado en la estantería de la sala sin nadie para mirar o ser visto.

El teléfono sonó alrededor de las nueve horas de la noche. El comisario dejó el balcón y fue hasta la estantería en la que se encontraban, además de su celular, el acuario, varios discos y muchos libros. A pesar de las varias cervezas que la pareja de amigos había tomado el día anterior, Marcelo no se había olvidado del consejo dado en el bar y llamó para saber las novedades. Sin embargo, él se decepcionó cuando se enteró de que Cristián no había ido a la morgue porque no creía que aquello cambiaría las cosas.

Marcelo volvió a insistir en el asunto, alentando al amigo a visitar aquel lugar macabro. Cristián se rindió a las apelaciones y aseguró que iría al día siguiente. El dentista solo colgó el teléfono cuando el consejo se convirtió en una promesa, por lo que ellos acordaron otra reunión para el miércoles de la semana siguiente, que se llevaría a cabo en el mismo lugar que el otro.

Como el móvil estaba a mano, Cristián aprovechó para pedir una pizza. Él no estaba de humor para salir a cenar, mucho menos tenía ganas de ir a la cocina y preparar algo. La culinaria no era el punto fuerte del comisario, cuyas habilidades estaban casi restringidas a atrapar bandidos, hacer disparos y desentrañar misterios.

Mientras esperaba la pizza, que tardaría más de treinta minutos en llegar, Cristián tomó una cerveza y regresó a la sala. Acostado en el viejo, pero cómodo sofá, él se quedó bebiendo y haciendo compañía a su pez, si bien el dueño estaba tan mudo cuanto él animal.

Volviendo a pensar en Solange, el comisario intentaba imaginar dónde estaría, en aquel momento, la mujer que marcó buena parte de su pasado. Hacía mucho que él no la veía. La nostalgia que todavía existía no era, sin embargo, más fuerte que los recuerdos tristes del final de la relación. La pareja sin hijos se separó después de mucha discusión y varios desacuerdos serios, que incluyeron algunos golpes entre los dos hombres que disputaban el amor y la compañía de una misma mujer.

Francisco, el policía que desvió la atención de su entonces compañera, prefirió cambiar de ciudad, pidiendo traslado a un lugar distante. Algunos años después de la separación, incentivados por colegas, los personajes de un triángulo amoroso que se mantuvo en la clandestinidad durante cerca de seis meses volvieron a conversar civilizadamente, aunque no hubiesen vuelto a hacerse amigos. El dolor por ser reemplazado permanecía hasta los días actuales y el trauma que el hecho causó lo impedía de sentirse deseado por otras mujeres.

Sin siquiera conocer a Giovanna, Cristián no tenía forma de saberlo, pero la chica estaba haciendo lo mismo que él en aquel momento. A aproximadamente cinco kilómetros del centro de la ciudad y acostada en el sofá, ella también bebía. No era cerveza, sin embargo, sino whisky, que siempre estaba acompañado de dos cubos de hielo. No tener un pececito para admirar e incluso para conversar, la única alma viva en aquel apartamento era la suya - y últimamente no andaba tan viva.

Aun sufriendo por causa de la muerte del hombre amado, los días se pasaban muy lentamente y el dolor no disminuía. Al contrario, había momentos en que era terrible. La joven que estaba por cumplir veintitrés años jamás había perdido algo que realmente le gustaba. Algunas decepciones amorosas antes de conocer a Claudio y el mal trato que él dispensaba a veces fueron el máximo del sufrimiento experimentado. La pérdida de Adriano, sin embargo, era irreversible y, por esto mismo, inigualable.

Escuchando música romántica, al igual que Cristián, ella devoraba el whisky colocado en el vaso. La chica se levantaba del sofá de vez en cuando, cogía otra dosis de la bebida y una siempre igual cantidad de cubos de hielo, después regresaba al lugar donde generalmente intentaba ahuyentar la tristeza y la soledad.

Ambos se durmieron embalados por la música y por el efecto del alcohol de las bebidas que habían ingerido. Más tarde, Cristián fue despertado por el intercomunicador, ya que su pizza había llegado. Al otro lado de la ciudad, a diferencia del comisario, la joven desnuda continuaba durmiendo. Ella no había pedido ninguna pizza, no estaba de humor para cenar y ni siquiera tenía un pececito que alimentar.

Después de una noche mejor dormida que la anterior, ya que el dolor de cabeza no le molestó, Cristián se despertó dispuesto a trabajar y también a seguir el consejo dado varias veces por Marcelo. Después de un baño rápido, él fue a la cocina para preparar otro café fuerte.

- ¡Buenos días, Pececito!

Eran aproximadamente nueve horas de la mañana cuando Cristián, después de pasar rápidamente por la comisaría, estacionó el coche frente a la morgue. Lentamente, ya que no tenía muchas esperanzas de encontrar algo nuevo en aquella historia intrincada, él se dirigió a la única puerta que llevaba al interior de aquel edificio un tanto aterrador. Aunque a diario enfrentase a bandidos a menudo peligrosos y fuertemente armados, él temía más a los muertos que a los vivos.

- ¿Qué tal? - exclamó sonriendo un funcionario así que lo vio. - ¿Cómo van las cosas?

Por su cuerpo musculoso, Diego se parecía más a un profesor de academia que a un médico. Graduado hace algunos años, al forense le encantaba lo que hacía. Influenciado por el padre, que también trabajaba en aquel lugar, estando ya cerca de la jubilación, le gustaba ir a la morgue desde niño y él nunca le ocultó a nadie que se sentía bien mientras caminaba por aquellos corredores aterradores para la mayoría de los mortales, siempre revolviendo en todo. Sin temer a la muerte, por más trágica que hubiese sido su causa, él era el opuesto del comisario en casi todo, interna y externamente.

- ¿Cómo estás, Diego? - preguntó Cristián, saludándolo con un fuerte apretón de manos.

- Todo tranquilo. ¿Qué manda esta vez, jefe?

Los dos profesionales ya eran viejos conocidos en función de las varias visitas que el comisario tuvo el desagrado de hacer al local en busca de algún dato para las investigaciones. Después de una corta conversación en la que explicaba sus objetivos, los amigos se vieron sorprendidos por el comentario de un funcionario que estaba sentado en una mesa cercana a aquel lugar.

Tadeo era un tipo bajito y feo, propio para trabajar en un lugar macabro como aquel. Aparentando tener poco más de treinta años de edad, el funcionario trabajaba allí hace poco más de dos años y, a ejemplo de Diego, también le gustaba mucho lo que hacía.

Sin embargo, al contrario que el médico, que ahora esperaba ansiosamente la manifestación de su colega, Él no era tan valiente con respecto a los cadáveres y siempre mostró un gran temor al quedarse solo en las proximidades de aquellos cuerpos helados y blanquecinos. Tadeo también tenía miedo de la oscuridad, trauma adquirido aún en la infancia, a pesar de hacer todo lo posible para desmentir.

- ¿Qué tú tienes a decir? - preguntó Cristián, transfiriendo la atención al muchacho, que ahora se levantaba de la silla y se acercaba a los dos doctores.

- Bueno, no sé si esto ayudará, pero hace un tiempo, el doctor Euclides y yo analizamos un cuerpo similar al que vosotros hablan.

- ¿Qué? - preguntó el comisario, entusiasmado con la posibilidad de finalmente encontrar alguna pista palpable en aquella maraña de dudas.

- ¿De qué cuerpo tú estás hablando, Tadeo? - preguntó el forense. – Yo no recuerdo de ningún cadáver con las características informadas por Cristián.

- Por la descripción, parece un cuerpo que fue encontrado en una favela hace algunos días.

- ¿Tú estás seguro de esto, Tadeo? - preguntó el comisario sin creer mucho. - Al final, la familia intentó localizarlo en los días siguientes llamando a todos los hospitales, incluso aquí.

- Creo que sí.

- La fotografía de Adriano salió en todos los periódicos, Tadeo, ¿tú no la viste? - insistió el forense. - La historia fue muy comentada en la época.

- Yo no acompaño mucho las noticias, doctor...

- Entonces, echemos un vistazo a los registros - sugirió Diego.

Los tres hombres caminaron hasta la sala de archivos, que no estaba muy lejos de la recepción. El lugar era grande y constaba de un escritorio, dos sillas y varios armarios de acero, cuyos cajones recordaban la cámara fría donde se depositaban los cadáveres. Cada cajón era identificado por una etiqueta.

Después de buscar la llave correcta en un voluminoso llavero, Tadeo abrió una cerradura y finalmente el cajón deseado. Una gran cantidad de pastas de cartón surgió, pareciéndose a una gaita. Utilizando los dedos para separar las diversas placas identificadoras de los contenidos, él luego encontró lo que buscaba, entonces retiró la pasta del cajón.

- ¡Aquí está! – él exclamó sonriendo de satisfacción por poder ayudar, entregando a su superior los documentos que él mismo había elaborado.

Diego cogió apresuradamente la pasta y se sentó en la silla colocada frente al escritorio, mientras Cristián se sentaba en la otra. El muchacho solícito permaneció de pie, al lado del médico, hasta porque no había otra silla en el local.

Cristián no dejó de darse cuenta de que Tadeo había usado su mano izquierda para buscar la pasta y también para dárselo a Diego. La gente zurda llamaba su atención porque, en su adolescencia, él pateaba la pelota con el pie izquierdo. Esto, sin embargo, nunca lo hizo un buen jugador de fútbol y mucho menos un goleador. Contrariamente a los partidos, el comisario era diestro para prácticamente todas las demás cosas.

La curiosidad que los tres hombres experimentaban era muy grande. Parecía que ellos estaban por descubrir un tesoro como los que los piratas escondían en islas desiertas. Mientras el forense revisaba las hojas y los documentos guardados en el archivo, Tadeo se parecía a un futuro papá esperando impacientemente el tan esperado nacimiento del primogénito.

Cristián no soportaba tanta ansiedad mientras los papeles no llegaban a su poder. Estar tan cerca de documentos que podrían ayudarle en tan ardua tarea era fascinante, entonces él se recordó de Marcelo. Gracias a las conversaciones de las noches anteriores, el comisario posiblemente estaba a punto de dar un importante paso en la elucidación de un caso tan enredado, comenzaba a sentir el sudor y el éxtasis causados por la gloria de descubrir el paradero de un hombre que ni siquiera llegó a conocer personalmente, pero que hacía falta a mucha gente - incluso a dos mujeres.

Él ya imaginaba los titulares que serían publicados en los periódicos de todo el estado, sino del país: "comisario desvela el misterio de la desaparición de empresario". Otro periódico anunciaría en la primera página: "comisario aclara otro difícil caso". Su reputación y su reconocimiento, que ya eran grandes, aumentarían aún más.

- Aquí no hay nada - dijo decepcionado el forense.

Sin creerlo, Cristián tomó bruscamente la pasta de sus manos y comenzó a buscar los documentos citados por Tadeo. No era posible que, después de enfrentar aquel lugar nefasto y de soñar con la gloria, él volviese al punto de partida.

- ¡No puede ser! - habló Tadeo inmediatamente, ya que no entendía lo que estaba sucediendo. - Los documentos tienen que estar ahí. Yo mismo los guardé.

- Verdad, aquí no tiene nada mismo - concluyó Cristián frustrado después de hacer lo que el médico ya había hecho.

Era cruel llegar tan cerca del éxito y luego todo desaparecer como el humo arrastrado por el fuerte viento. Cristián entregó la pasta al funcionario que estaba de pie, que hojeó incrédulo los pocos documentos encontrados en su interior. Tadeo fue tomado por el nerviosismo, cuando las manos y la frente comenzaron a sudar.

- No puede ser... - él repitió desconsolado. – No puede ser...

Otra vez utilizando la mano izquierda, Tadeo volvió a rebuscar todo lo que se encontraba en la pasta, papel por papel. Mientras tanto, los tres hombres que buscaban documentos que podrían revelar el paradero de Adriano comenzaron a formular las más variadas hipótesis.

Cristián creía que Tadeo había guardado los documentos en otro lugar o que los había dejado en algún cajón. Diego, por su parte, dudaba un poco del compañero, principalmente por el hecho de no haber visto u oído nada acerca de la entrada de un cuerpo semejante. El chido zurdo creía que alguien debería haber arrancado aquellas hojas de la pasta. ¿Pero quién lo haría? ¿Y con qué propósito? El empleado se quedó sin crédito ante el médico y el comisario.

Diego y Cristián regresaron a la recepción. Avergonzado, Tadeo permaneció en la sala de archivo. Persistente, él revisaría cada rincón en busca de los papeles cuya veracidad tan elocuentemente había atestiguado. Al final de la búsqueda, él tuvo que rendirse y volvió frustrado a la sala de entrada de la morgue. La última gota de esperanza que el comisario alimentaba se desvaneció al ver la facción estampada en su rostro.

- Bien... - comentó el forense. - Parece que tú continúas sin ninguna pista, mi amigo. Sólo si desenterrar un cuerpo...

- ¡Eso mismo! - gritó Tadeo, el rostro resplandeciente de alegría. - ¡Es sólo desenterrar el cuerpo!

- ¿Qué tú quieres decir? - preguntó el forense, que estaba bromeando cuando dio la idea, ya que no había ningún documento que pudiese comprobar la existencia del cuerpo.

- ¡Por supuesto! Siendo desenterrado, será posible hacer nuevos estudios, comparar los registros dentales, hacer análisis de ADN, cualquier cosa.

Tadeo estaba entusiasmado con sus propias palabras mientras la frase inocente de Diego parecía brillar en su mente. El funcionario comenzaba a imaginar el ataúd siendo desenterrado, de donde saldrían varios huesos. El cuerpo, ya en descomposición, exhalaría un olor insoportable. Tal vez sin miedo, esta vez, él enfrentase a cuerpos putrefactos e incluso a fantasmas para demostrar que estaba cierto.

- Tú tienes razón, pero necesitamos una orden judicial para desenterrar un cuerpo - explicó Cristián. - ¿Y tú sabes dónde él fue enterrado?

El comentario cayó sobre la cabeza de Tadeo como si fuese un balde de agua fría. Cristián tenía razón, él no tenía la menor noción del lugar en que había sido enterrado el cuerpo. El empleado atento ya no creía en la existencia de los documentos de los que hablaba hace aproximadamente quince minutos, mucho menos del cuerpo.

Decepcionado, Cristián se despidió de los dos y regresó a la comisaría. Antes, sin embargo, él agradeció a ambos por el empeño, principalmente de Tadeo, dejando claro que no dudaba de él y ni de su dedicación. El comisario afirmó que tampoco entendía lo que había ocurrido, pero aconsejó al muchacho a estar atento.

- Quédese tranquilo, doctor. Yo voy a intentar averiguar qué pasó con aquellos papeles.

No muy lejos de allí, Cristián detuvo el coche en un semáforo. Debido a que aún estaba inmerso en el caso de Adriano, él no se dio cuenta de que una elegante y hermosa joven andaba por las cercanías. Vistiendo un abrigo blanco largo, las botas negras de cañón largo casi alcanzaban la falda corta, que también era negra.

El vehículo arrancó rápidamente cuando la señal se abrió, entonces la rubia se detuvo en aquel mismo lugar y esperó a que la luz para los peatones se pusiese verde. No fue aquella vez que el comisario vio a Giovanna. La chica cruzó la calle y fue a un supermercado que estaba cerca para comprar pan y leche. Como su whisky ya estaba al final, ella aprovecharía para llevar un litro.

Incluso con dos bolsas en las manos, Giovanna decidió pasear por una plaza antes de regresar al apartamento. Hacía mucho tiempo que ella no caminaba por entre los árboles y bancos que presenciaron muchos besos y declaraciones de amor hechas por Adriano. Ella prefirió sentarse en la hierba bajo la pequeña sombra de un Ipê Amarillo, que aún tardaría algunos meses en volver a florecer. Su pensamiento se perdió en los recuerdos de una época feliz, época que quizás jamás volvería a vivir.

Mientras algunos niños andaban felices con sus bicicletas, otros jugaban con sus perros o con amigos. No lejos de aquel lugar, algunas parejas se tomaban de la mano o se besaban, lo que hizo que una lágrima corriese por su rostro abatido. ¿Cómo podría haber gente tan feliz y, al mismo tiempo, otras tan tristes?

De vuelta en el pequeño pero hermoso apartamento, aquella noche sería un poco diferente. Como raramente había sucedido desde la tragedia en la mansión, Giovanna tenía hambre. Después de tomar un baño y ponerse ropas sexys, ella fue a la cocina y comenzó a preparar una cena. Una comida sencilla, condimentada de la manera que a su amado le gustaba, recordaría las cenas de antaño. La chica intentaría traer de vuelta el amante, o atraído por el olor de los pocos platos que ella sabía hacer, o por las ropas y el perfume usados después del baño.

Diferente, sin embargo, de las noches en que era feliz, en las que los amantes bebían un buen vino o incluso un jugo, Giovanna necesitó entregarse otra vez a su inseparable whisky. La falta de Adriano continuaba doliendo demasiado, aunque disminuyese un poco a medida que más alcohol era ingerido. Muchas veces, sin embargo, la bebida hacía que la nostalgia y la tristeza aumentasen, llegando a tornarse insoportables.

Perturbada por la dolorosa separación, la rubia colocó la pequeña mesa de la cocina con dos platos. Adriano vendría a cenar, pero, antes de esto, cargaría a la dueña del apartamento hasta la cama y otra vez tocaría su cuerpo sediento por amor y por sexo. Antes y después del amor, el empresario besaría la boca que no exhalaría olor de whisky y también cada milímetro del cuerpo que necesitaba desesperadamente sentir mucho placer.

Con una calma que solo el amante demostraba, él la haría la mujer más feliz del mundo nuevamente. Tal vez ellos ni siquiera cenasen después del acto, a pesar del hambre. Tal vez solo durmiesen juntos, abrazados, tal vez soñasen toda la noche con los ángeles y no con los demonios que la aterrorizaban en cada pesadilla.

Sin que la visita llegase, Giovanna comenzó a cenar sola. Sin embargo, sin abrir la botella de vino que estaba lista para recibir al amante muerto, y embalada una vez más por el whisky, la joven hizo de cuenta que él pronto entraría por la puerta. Entonces, ella se olvidaría del plato y de los cubiertos y ni siquiera pensaría en la comida deliciosa, pero se tiraría en sus brazos, en su regazo, tal cual había hecho en tantas oportunidades. Esta vez, su amado finalmente la llevaría a la cama, donde la poseería nuevamente. Entonces, Giovanna volvería a ser feliz.

Adriano no apareció y la chica que vestía un suéter y una ropa interior de encaje no pudo cenar más, dejando casi toda la comida de lado. Después de apagar la lámpara de la cocina y de encender la de la sala, ella se acostó en el sofá y, aún sin soltar su bebida habitual, se durmió enseguida.

La rubia semidesnuda soñó con el amante durante los pocos minutos en que consiguió dormir, pero pronto fue despertada bruscamente por el timbre del celular. No entendiendo lo que estaba pasando, ella ni siquiera tuvo tiempo de atender.

Antes de acostarse en el sofá otra vez, Giovanna tomó otro sorbo de whisky, después recolocó el vaso en el suelo. Como hacía en muchas oportunidades, ella colocó el dedo dentro del vaso y jugó con lo que quedaba de los cubos de hielo, girándolos lentamente. El tintineo de aquellas piedras frías acurrucaría una nueva siesta, que comenzaría en breve.

Poco después de dormirse, las pesadillas la aterrorizaron una vez más. Monstruos temibles comenzaban una persecución implacable, corriendo furiosos detrás de Adriano, que intentaba desesperadamente esconderse. Pero, al final, aquellas criaturas despedazaban el cuerpo del pobre hombre.

Giovanna observaba todo inmóvil, impotente, mientras su amante moría bajo los enormes pies de los monstruos, que luego se alimentaban ávidamente de carne fresca. Las pesadillas la acompañaron toda la noche, a pesar de que la chica se despertó asustada innumerables veces. Adriano no podría estar con ella ni siquiera en sueños.

En el centro de la ciudad, Cristián no conseguía superar el insomnio que lo perseguía hace varias horas. Recordando la conversación mantenida en la morgue, él no llegaba a ninguna conclusión. Tadeo estaría fantaseando las cosas? ¿Qué ventaja él tendría inventando una historia como la de los documentos desaparecidos del archivo? Todo llevaba a creer que el funcionario estaba diciendo la verdad, y era este el motivo que impedía la llegada del sueño.

Pero, si el chico decía la verdad, alguien debería estar detrás de la desaparición de los papeles. Ningún traje parecía tener conexión con otro, lo que confundía cada vez más el cerebro del comisario. La solución para varias de sus dudas podría obtenerse con la exhumación del cuerpo, si fuese encontrado. La ingenua pista de Tadeo podría ser la clave del misterio. Sin embargo, si existiese, el cadáver estaba en un lugar incierto y desconocido.

Sin descubrir nada acerca de la desaparición del cuerpo de Adriano e incluso sobre los posibles culpables, Cristián se mantenía ocupado con secuestros y homicidios. No tardó mucho, sin embargo, para que el principal caso bajo su mandato regresase a su mente. Fue alrededor de las diez horas de aquella misma mañana que sonó el teléfono de su escritorio, despertándolo de pensamientos desordenados. El ruido estridente lo asustó un poco.

- Sucedió algo muy extraño hoy, doctor - dijo una voz intrigada. – Tú no vas a creer...

Un poco incrédulo al principio, Cristián no prestó mucha atención a la conversación de Tadeo, principalmente porque él no quiso contar la novedad por teléfono y sugirió que ellos se encontrasen en el horario de almuerzo en un bar que quedaba cerca de la morgue.

El comisario reaccionó un poco antes de aceptar la propuesta de un empleado aparentemente muy servicial, pero tal vez demasiado entusiasmado por la situación, ya que parecía que él estaba leyendo muchas historias policiales. Vencido por la insistencia, sin embargo, él se vio obligado a concordar, pero marcó el encuentro para el final de la tarde.

Después de un día demasiado agitado, Cristián fue finalmente al encuentro no muy esperado. Después de la frustración por no existir ningún documento que comprobase el paso del cuerpo en las dependencias de la morgue, él no creía mucho que Tadeo tuviese alguna información concreta. De todos los modos, no podría dejar de encontrarlo. Si existiese alguna información plausible, la investigación podría finalmente ganar un rumbo.

Eran casi siete horas de la noche cuando el comisario llegó al lugar acordado. El funcionario de la morgue ya lo esperaba escondido en una mesa de esquina del bar, hecho que lo dejó bastante intrigado. Usando una chaqueta de lana, él se ponía la ropa para tapar buena parte del rostro.

Mientras caminaba en aquella dirección, él intentó imaginar el motivo que hacía aquel hombre esconderse de los otros frecuentadores del establecimiento. Una vez que lo encontrase, sin embargo, él descubriría que el asunto era merecedor de atención.

- Y entonces, amigo - habló Cristián así que se sentó. - ¿Cuál es la novedad?

- Yo estuve investigando algunas cosas, doctor... - dijo el hombre que Cristián había conocido hace una semana. - Creo que descubrí algunas cosas acerca de aquel cuerpo.

Demostrando mucha emoción, el tono de la voz de Tadeo contenía cierta dosis de temor. Incluso sin tener muchas esperanzas de oír algo importante inicialmente, la experiencia de Cristián hacía que se diese cuenta de que él realmente había algo más. Ahora el comisario se revolcaba nerviosamente en la silla y esperaba impacientemente que el funcionario de la morgue completase la explicación.

- Yo pregunté una cosa aquí, otra allá, y creo que sé lo que pasó - sintiéndose casi un detective, su entusiasmo sólo no conseguía ser mayor que el nerviosismo. – Lo hice todo sin levantar sospechas, doctor, nadie sospechó nada.

- Dilo, Tadeo. ¿Qué tú sabes?

- Descubrí que un cadáver parecido al que tú buscas estuvo un tiempo en la morgue. Como no fue identificado, él acabó siendo enterrado como indigente.

- ¿El doctor Euclides no hizo ningún examen más cuidadoso para identificarlo?

- Parece que sí, pero no descubrió nada. Creo que él dedujo que se trataba de un indigente, ya que no había ningún documento cerca.

- Eso es raro...

- Yo también lo creo, doctor. Pero, como no surgió ningún conocido para buscar el cuerpo durante el tiempo que permaneció en la morgue y los exámenes no fueron suficientes para identificarlo, él fue enterrado en un cementerio de la periferia.

- Lo que tú dices es muy serio, Tadeo.

- Yo lo sé, doctor, y por eso me estoy muy asustando.

Cristián no estaba seguro de creer aquella historia, a pesar de la dedicación del chico. Si fuese verdad, sería todo lo que él necesitaba para tratar de aclarar el misterio que rodeaba la desaparición de Adriano. Sin embargo, para haber ocurrido así, alguien en la morgue habría sido muy descuidado - o tenía otras intenciones.

Incluso si la familia del empresario se hubiese puesto en contacto con aquel mismo lugar algunas veces, la historia podría tener sentido. El cuerpo podría haber esperado algunos días en la morgue y, sin que nadie lo hubiese buscado - o encontrado, podría incluso haber sido enterrado como indigente. Tadeo solo no podría explicar la desaparición de los documentos que corroborarían la teoría, lo que dejaba al comisario muy intrigado. Alguien parecía estar encubriendo algún hecho importante.

- ¿Y tú tienes alguna idea de dónde fue enterrado el cuerpo?

- Creo que sí, doctor...

Tadeo dio más detalles sobre el caso sin, antes, mirar a los lados como si le estuviesen apuntando con una pistola contra la cabeza. Cada vez más entusiasmado con lo que oía, ahora Cristián veía que su amigo podría no ser tan tonto como parecía.

- No comente este asunto con nadie, ¿de acuerdo?

- ¡Por supuesto que no se lo diré a nadie! Yo tengo mucho miedo de que alguien lo descubra y quiera acabar conmigo...

- ¿Por qué dices eso?

- Todo es posible, doctor...

- Tú tienes razón... - acordó el comisario, lo que aumentó la preocupación de Tadeo. - Tú necesitas guardar secreto. ¿Puedo echar un vistazo a la tumba?

- Por supuesto que sí, pero ¿qué pretendes hacer?

- Yo tengo que pensar. Si los hechos ocurrieron de esa manera, hay algo mucho más grande detrás. Necesito actuar con discreción para no levantar ninguna sospecha. Si alguien sabe que tú me contó esas cosas, puede intentar esconder pistas.

- Yo empiezo a pensar que no debería haberme metido en esa historia, doctor - dijo el funcionario de la morgue al demostrar pavor.

- Tranquilo, Tadeo, lo mantendré en secreto. Estoy seguro de que no estamos tratando con una pandilla. Eso parece haber sido planeado por principiantes.

- Trataré de no pensar en eso, doctor, pero confieso que tengo mucho miedo.

- No te preocupes, amigo, todo va a estar bien. Mañana te llamaré, entonces haremos una visita a nuestro cadáver.

- Está bien, doctor.

Cristián intentaba al máximo no demostrarlo, pero quedaba un poco irritado por la manera como Tadeo lo trataba y principalmente por él repetir la palabra "doctor" a cada frase. Sin embargo, él se controló, ya que su nuevo amigo podría ser muy útil, incluso actuando de forma infiltrada en la morgue.

Los dos hombres salieron del bar sin consumir nada, lo que difícilmente ocurría con lo que era doctor. Afuera, ellos fueron recibidos por una lluvia fina y fría. Después de una rápida despedida, Cristián volvió a su apartamento, donde intentaría trazar un plan para comenzar, de una vez por todas, a desentrañar el misterio.

A su vez, Tadeo también se fue, pero sin dejar de mirar hacia atrás todo el tiempo como si él fuese el asesino de Adriano o, al menos, quien había ocultado tanto el cadáver, como los varios documentos que deberían estar en una pasta en la morgue. La chaqueta de lana se volvió a usar como disfraz, ya que nadie podría ver su rostro o identificarlo.

El informante del comisario comenzaba a percibir que podría estar envuelto en alguna trama peligrosa, comenzaba a entender que necesitaría actuar con más cuidado a partir de aquel momento. Nadie podría saber que ellos habían hablado, mucho menos que él había descubierto aquellos datos acerca de la desaparición del cadáver.

Más tarde, ya en casa, escorado en la ventana de la sala, Cristián observaba distraídamente la lluvia que insistía en caer y que llegaba a mojar un poco su rostro y su cabeza. Aun así, la sangre corría frenéticamente por sus venas, ya que él estaba seguro de que finalmente estaba en el camino correcto. Si descubriese el paradero del cuerpo, tendría condiciones de solicitar la exhumación y, consecuentemente, descubrir toda la verdad que no solo Giovanna y Claudio ocultaban, sino también otras personas. No sería fácil dormir aquella noche.

El día amaneció temprano otra vez para el comisario, que se levantó antes del horario habitual. Sin embargo, no era la cabeza lo que le dolía, pero él tenía que hacer dos cosas muy importantes. Antes, investigaría la vida del médico forense citado por Tadeo, después visitaría la tumba en la que podría estar enterrado el cadáver de Adriano. Esta última se llevaría a cabo en el horario del almuerzo, a pesar de no ser más que una rápida visita al cementerio.

Lo primero que hizo al llegar a la comisaría fue investigar la vida de su sospechoso número uno, el doctor Euclides. A pesar del esfuerzo, sin embargo, el comisario no se enteró de ningún detalle comprometedor revisando los archivos de la policía. Sin embargo, el historial del médico estaba limpio. Él no se había involucrado en ningún tipo de delito.

Después de hacer algunas llamadas, él se enteró de que Euclides era considerado un hombre honesto y había trabajado durante muchos años en la misma morgue. La ficha sin observaciones, sin embargo, no lo exoneraba de una posible implicación en el caso de la desaparición de Adriano, y era a este punto que el comisario se apegaba.

Al mediodía, durante la visita al cementerio, Cristián vio la tumba en la que podría estar enterrado el cadáver de Adriano. Diferentemente de otras tantas, que deberían ser visitadas por amigos o familiares, en aquella allí no había flores cerca, ni velas, ni gente quejándose, sólo una placa con un código.

Mirando hacia el sepulcro durante largos minutos, él aprovechó para evaluar la propia existencia. Siempre envuelto con la muerte, el comisario no paraba mucho para pensar en su vida y ni en sus consecuencias. El tiempo que él estuvo reflexionando mostró que su vida no estaba teniendo mucho sentido. La tensión diaria hacía que él no buscase la propia felicidad, viviendo tan solo en función del trabajo, siempre intentando resolver los casos más complicados.

Mientras respetaba el descanso eterno de aquel cuerpo, la necesidad de descubrir la verdad y de hacer justicia a su alma impulsaría a Cristián a pedir que se abriese la tumba. Si tuviese suerte y fuese hábil, esto podría no tardar mucho. Cuando la exhumación fuese autorizada, él tendría, finalmente, la oportunidad de esclarecer la verdadera identidad del cadáver enterrado en aquella cueva desconocida y, a partir de allí, descubrir lo que había ocurrido.

Considerarlo un indigente, el comisario concordaba, era una manera simple de dar el asunto por cerrado, enterrando con el cuerpo toda la culpa de los involucrados en el caso, incluso los que podrían ni saber de la nueva trama. La historia quedaría oculta para siempre, a menos que alguien intentase sacarla a la luz de nuevo. Si el cuerpo citado fuese realmente de

Adriano, algún culpable tendría que aparecer. El forense tendría que explicarse y, por lo tanto, el culpable de su muerte no tardaría en ser encontrado.

Uno de los sueños de Cristián se hizo realidad algún tiempo después, cuando la exhumación finalmente fue autorizada. El asunto tendría diferentes consecuencias para las distintas personas implicadas. La participación de Giovanna y de Claudio podría ser descubierta, en fin, pero otras personas también podrían sentirse incómodas con el surgimiento de hechos nuevos.

Los periódicos locales dieron una buena cobertura a la noticia al estampar titulares y fotografías de Adriano en la primera página. La especulación acerca del motivo de la muerte del empresario era grande. Uno de los periódicos llegó a utilizarse de mucho sensacionalismo al hipotetizar acontecimientos en una versión que sugería la posibilidad de drogas, venganza y adulterio.

Tan pronto como se enteró de la noticia, la probable viuda de Adriano retomó el llanto contenido hace algún tiempo. Carla telefoneó a su padre, que estaba viajando por el noreste del país. Bernardo hizo lo posible para consolarla, sintiendo cuánto pesaba tal noticia.

El empresario retirado le aseguró de que aceleraría su regreso, retornando del viaje en un máximo de dos días. Mientras tanto, él aconsejó a su hija llamar a un gran amigo de la familia, el doctor Marcos. El médico sabría qué medidas tomar, además de tener el acceso facilitado en la morgue y en otros órganos.

Después de una breve conversación con Carla a través del teléfono, Marcos dejó inmediatamente el hospital, cancelando todas las consultas programadas, incluso las más importantes. Pocos minutos fueron necesarios para que su coche importado llegase a la mansión en la que no había pisado en mucho tiempo, a pesar de que ya había frecuentado bastante cuando una pareja aún vivía en ella.

Recibido por una de las empleadas, el médico fue enviado a la sala de visitas, donde aguardaría impacientemente hasta que la dueña de la casa bajase la escalera y fuese a su encuentro. Sus manos temblaban tanto como las de Tadeo al conversar con el comisario, pero quizás menos que las de Giovanna y de Claudio cuando también estuvieron en aquel mismo local.

Aún con los ojos rojos por causa del llanto terminado hace pocos minutos, la mujer siempre elegante fue al encuentro de Marcos, entonces contó que el padre la aconsejó a solicitar que el médico tomase las providencias necesarias y completó diciendo no tenía la menor idea de lo que debía hacerse con el cuerpo del marido o en relación a los documentos referentes al caso.

El hombre de casi sesenta años se quedó un poco más en compañía de la mujer de cuarenta y dos años, cuando aprovechó para informar que regresaría en algunos días con varios papeles para que ella firmase. En todo el tiempo que estuvo en la mansión, Marcos demostró mucha disposición para ayudar. A diferencia de lo que había ocurrido con el comisario, el médico se despidió de la propietaria de la casa sin ganar un café.

De vuelta al hospital, él llamó inmediatamente a Ángelo, el médico que estaba de guardia la noche en que Adriano fue baleado. Al principio de la conversación reservada y tensa, ambos estuvieron de acuerdo en que no podrían perder más tiempo, entonces llamaron también al doctor Euclides.

La conversación entre los tres médicos duró aproximadamente treinta minutos y estuvo marcada por mucha tensión. Los profesionales discutieron varios puntos relacionados con actitudes suyas en determinados momentos. Por más que discutiesen, ellos no conseguían llegar a un consenso.

Los documentos que Tadeo intentaba localizar sin éxito en el archivo aparecieron de repente, como si hubiesen reaparecido por encanto. Bastó la noticia de la exhumación del cadáver esparcirse para que Euclides se recordase de dónde había guardado los papeles que comprobaban su pasaje por la morgue. Preguntado sobre el motivo del aparente extravío, él respondió lacónicamente que debería haber cambiado de lugar mientras buscaba documentos relacionados con otro cuerpo.

Alrededor de las ocho horas de la mañana de un raro día soleado en aquel otoño lluvioso, se reunieron en un cementerio de la periferia de la ciudad, entre otras autoridades, el doctor Marcos, el forense Euclides y Cristián. Como representante de la familia del muerto, el médico no se alejaría en ningún momento, demostrando un interés muy grande en el caso.

El cuerpo comenzaría a ser sacado de la tumba y pronto sería enviado a la misma morgue. A través de nuevos procedimientos, la autopsia podría revelar secretos que muchas personas preferirían que permaneciesen intocables, escondidos en la oscuridad eterna de aquella tumba.

Temeroso con respecto a asuntos que involucraban la muerte o cadáveres, el comisario miraba con escalofríos aquella escena horrenda. A pesar de que la exhumación era imprescindible para la continuidad de las investigaciones, él consideraba aquel procedimiento un sacrilegio.

Cristián veía con mucha tristeza a los funcionarios del cementerio usando despiadadamente sus palas para remover la tierra que cubría el ataúd en el cual estaba un cuerpo desconocido de todos, excepto, tal vez, si allí estuviese uno de los responsables por la desaparición de Adriano.

De vez en cuando, él miraba inquieto a los lados, temiendo que los fantasmas, incluido el del cuerpo a punto de resurgir a la luz, condenasen la violación de aquella tumba. Enojados, ellos ciertamente echarían una maldición sobre todos aquellos hombres profanos, que pagarían por toda la eternidad por sus actos inaceptables.

Después de algunos minutos y de cierto esfuerzo por parte de los dos funcionarios uniformados, el féretro mortuorio finalmente fue encontrado. Dos montículos de tierra húmeda, uno a cada lado de la tumba ahora abierta, anunciaban que el servicio de los hombres que usaban máscaras para protegerse del olor estaba concluido. El ataúd fue retirado con cuidado y llevado hasta el vehículo de la morgue. Pronto, comenzaría su apertura.

En presencia de las mismas autoridades que presenciaron la violación de la sepultura, Euclides y dos funcionarios de la morgue iniciaban los exámenes para identificar el cadáver. Sin perder siquiera un ángulo, un fotógrafo de la policía registraba todo con su cámara voraz. Ya al inicio de la descomposición, el cuerpo exhalaba un olor fuerte, pero no atravesaba las máscaras de las personas involucradas.

Cristián tenía otra imagen de la muerte y su olor también parecía diferente antes de aquellos momentos. Ahora, observando atento y, al mismo tiempo, aterrorizado a la manipulación del cadáver, él tenía la noción exacta de lo que significaba. La conclusión a la que llegó fue que la muerte era más amena en su día a día.

A pesar de que los ojos estaban vigilando cualquier movimiento, el comisario no percibía las miradas de complicidad que Marcos y Euclides cambiaban durante el procedimiento. Las máscaras que ambos llevaban cubrían expresiones que ni siquiera la cámara profesional del policía lograrían captar.

Hechas las colectas de material, el cuerpo sería nuevamente colocado en una cámara fría, donde esperaría hasta que un nuevo procedimiento fuese realizado, si necesario. Cuando el difunto fuese finalmente identificado, habría un nuevo y último entierro, cuando quizás sus familiares y amigos estuviesen en condiciones de llorar por el pasaje trágico.

Algunos instantes más tarde, el mismo empleado de antaño llevaría el cuerpo nuevamente a través de los mismos corredores blancos y aterradores. El silbido ciertamente haría parte del traslado tétrico, pero, como siempre, Alberto no se sentiría nada intimidado.

La ansiedad de Cristián finalmente estaba llegando a su fin, ya que el doctor Euclides reveló el resultado de la exhumación algún tiempo después, acontecimiento que fue también anunciado en las primeras páginas de varios periódicos. En una entrevista concedida a la prensa local y a algunos reporteros de otras ciudades, el médico informó que el cadáver exhumado era realmente de Adriano.

El cuerpo ahora podría finalmente ser enterrado con su propio nombre y no como indigente, como había ocurrido anteriormente. Ahora habría una placa con su nombre en una lápida cara y Carla podría ser declarada de hecho viuda.

El entierro tendría lugar al día siguiente, especialmente debido al estado en que se encontraba el cadáver. Además, ya se había llorado todo lo que era posible desde su desaparición.

Con la llegada del nuevo día, otra vez los amigos y familiares se movilizaron para la despedida de Adriano - ahora quizás la última. El responsable por todas las providencias fue nuevamente Marcos, que se dispuso a ayudar en todo lo que fuese necesario. El médico estaba tan atento como en varios otros episodios.

Bajo su alegación, el ataúd donde estaba el cuerpo de Adriano debería permanecer cerrado. Dos motivos reforzaban el consejo del gran amigo de la familia: el olor del cadáver y los daños causados por el proyectil que golpeó el rostro. De esta forma, ninguna persona tendría la oportunidad de ver al difunto, ni siquiera la esposa. Sin embargo, pocos hicieron objeción a la decisión del médico.

Influenciada por Marcos, Carla decidió que el entierro sucedería a las cinco horas de una tarde gris y lúgubre, ideal - si es que se puede usar este término, para tal evento. Como no habría velatorio, el ataúd llegaría de la morgue y sería enterrado inmediatamente. Así, las despedidas tendrían que ocurrir alrededor de la propia tumba.

Tal decisión sorprendió a la gran mayoría de las personas, pero la viuda estaba irreductible. Su propio padre intentó hacerla cambiar de opinión, pidiendo a la hija que solicitase que el ataúd fuese abierto y velado en la capilla durante algunas horas. Sin embargo, ni siquiera Bernardo tuvo éxito.

El vehículo negro de la morgue tardó un poco en llegar. Veinte minutos después del horario establecido, sin embargo, él aparecía en marcha lenta por la puerta del cementerio. Un pequeño cortejo lo acompañaba, siendo que Carla estaba en uno de los vehículos del frente.

Había llegado el momento de enterrar de una vez por todas el cuerpo de Adriano. Los rumores alrededor de la tumba comenzaron a ser más intensos a medida que el ataúd era retirado del vehículo y llevado hacia su destino final. La ansiedad que la mayoría de los presentes tenía de terminar aquella historia de angustia y de sufrimiento era visible en sus rostros. Esta era, principalmente, la intención de la viuda.

Algunas nubes oscuras flotaban en el cielo al atardecer, al mismo tiempo que el viento frío, característico de aquella época del año, soplaba las hojas caídas en el suelo y agitaba fuertemente las hojas de la Biblia que se encontraba en las manos del sacerdote. El viento aullaba entre tumbas, cruces y estatuas del cementerio situado en lo alto de una colina, desde donde se tenía una visión privilegiada de buena parte de algunos barrios de clase media y alta.

Había otra cueva abierta en las proximidades de la tumba en la que Adriano sería enterrado y ella parecía ansiosa por un cuerpo, agobiando y dejando impresionado a quien tuviese la osadía de encararla. Marcos miró el agujero y tuvo la impresión de que estaba reservado para él. El médico se esforzó al máximo para mirar hacia otro lado, absteniéndose, así, de aquellos pensamientos nefastos, ya que él no pretendía ser el próximo a descansar.

Hubo entre los presentes quienes tenían dudas sobre la veracidad de aquel funeral. No solo una persona tenía la impresión de que el cuerpo que sería enterrado en la oscuridad de aquel ataúd cerrado pertenecía a otra persona. Uno de los presentes susurró con el otro, incluso, que el esquife podría incluso contener un saco de arena o de tierra. Hubo también quien desease ver el cadáver, a pesar del estado en que se encontraba. Sin embargo, la comprobación oficial de que se trataba realmente de Adriano superaba cualquier sospecha.

Entre sollozos y lágrimas de familiares y amigos, dos personas directamente vinculadas a aquel evento se hacían presentes. Una a cada lado de la pequeña multitud, ambas mantenían cierta distancia de la tumba que pronto sería sellada para siempre. Quien prestase más atención a aquellas personas, seguramente notaría que se comportaban de manera muy diferente de la mayoría de los conocidos de la familia de Adriano.

Un hombre delgado y particularmente feo se encontraba de un lado de la tumba. Vistiendo un conjunto de pantalones y abrigo un poco arrugados, señal de que podría no tener una esposa en casa, o, entonces, que no se preocupaba mucho por la apariencia, él observaba ávidamente todo lo que sucedía en la ceremonia fúnebre.

El comisario encargado de las investigaciones no podría dejar de asistir al entierro, a pesar del traje anticuado. Sus ojos, escondidos detrás de gafas oscuras, no paraban de circular ni un momento mientras observaban rostros entristecidos, ojos rojizos y llorosos. Buscando expresiones sospechosas de un asesinato, él analizaba todos los movimientos de los posibles culpables.

Cristián soñaba en resolver el caso aquel mismo día. Incluso sin creer mucho en la suerte - que generalmente no lo acompañaba, él no podría perder una oportunidad tan abundante de posibilidades. Después de todo, los sospechosos potenciales desfilarían sus trajes negros entre tumbas frías de mármol y de piedra.

Por otro lado, muchas personas mostrarían luto, aunque el pesar de algunas quizás no fuese más que fingimiento. Sería, en fin, un festival de dolor y de dramatización, de lamentaciones y de desprecio por la tristeza ajena, de pruebas de amistad mezcladas con demostraciones hipócritas de falsedad.

Aquel era, realmente, un lugar de importancia capital, indispensable para quien tenía la tarea de encontrar al asesino que tan cobardemente había quitado la vida de un hombre considerado honesto por la sociedad y por la familia.

Al otro lado de la tumba donde Adriano ya sería enterrado, también protegida por gafas de sol, una chica de veintidós años llamaba la atención mucho más que el hombre del traje arrugado y no era solo por su belleza fuera de los patrones. Incontables lágrimas salían de sus ojos, que rodaban lentamente por un rostro casi perfecto. Extrañamente, ella mostraba una tristeza aún mayor que la expresada en la fisonomía de Carla.

¿Quién mirase a las dos mujeres en aquel momento y pensase en la manera como cada una se comportaba, podría concluir que la verdadera viuda era la más joven - o no serían ambas viudas del hombre que yacía blanco y helado dentro de aquel ataúd de lujo?

Los ojos del hombre del traje arrugado finalmente se detuvieron cuando vieron a la hermosa e inconsolable chica. En primer lugar, sus ojos agudos se deleitaron con la belleza y la hermosura de la joven en llantos, que llevaba un abrigo largo por encima de un vestido negro. A pesar de apreciar el modo como estaba vestida, Cristián observó que el vestido era un poco corto tanto para la ocasión, como para la temperatura del día.

Después de saborearla con los ojos por más algunos instantes, tiempo más que suficiente para que se le pasasen mil pensamientos por la cabeza - y uno de ellos era tomarla en los brazos, sacarla de aquella escena de la cual su belleza deslumbrante no merecía formar parte, llevarla bien lejos de allí, cubrirla enteramente de besos y... - el comisario intentaba descubrir algún secreto, algo que pudiese incriminarla.

Mientras la observaba como si no hubiese otra persona en el lugar, él intentaba imaginar si sería posible que tan hermosa y elegante chica, de apariencia tan inocente e inofensiva, pudiese ser responsable por tamaña cobardía, tamaña brutalidad. Ni siquiera participar en tal acto la joven habría de tener. Aunque no pudiese descartar ninguna hipótesis, Cristián dedujo que ella debería estar por encima de cualquier sospecha.

Los cabellos largos de la chica eran agitados por el viento que insistía en soplar en el cementerio, resaltando aún más su belleza. Pensando en aquella situación y pasando rápidamente los ojos por la viuda oficial, el comisario se preguntaba si el hombre acostado en aquel ataúd sería merecedor de tantas lágrimas y de tanta tristeza.

Acercándose un poco a las personas que rodeaban la tumba, él comenzó a formular preguntas sobre Giovanna que, un poco aislada de los demás, continuaba llorando. Sin embargo, ninguno de los interrogados la conocía.

- Debe ser una empleada de la empresa... - habló un ejecutivo que trabajaba directamente con Adriano después de haberla inspeccionado minuciosamente con ojos maliciosos – Yo no estoy seguro.

- Nunca la había visto antes... - respondió un señor canoso escondido debajo del costoso sombrero negro.

- Yo no sé quién es... - informó la ex secretaria de Adriano mientras prestaba mucha atención a la manera como la joven se comportaba. Ironizando, aquella señora de más de cuarenta años agregó: - Algo en ella me es familiar, solo que no me estoy recordando bien.

- Tal vez sea una de las viudas de Adriano... - dijo una mujer al no esconder la envidia por causa de la chica muy más hermosa que ella.

Bajo las oraciones pronunciadas por el sacerdote, que estaban llenas de elogios a los actos practicados en vida por el difunto, el comisario comenzó a abrir espacio entre la multitud que rodeaba la tumba y trató de acercarse a la mujer que aún derramaba algunas lágrimas. Después de muchos empujones y algunas disculpas por los atropellos causados por la prisa obstinada, él finalmente logró el objetivo.

- Ahí está un hombre que dejará mucha nostalgia, ¿no crees? - él comentó así que se detuvo al lado de Giovanna.

La rubia cuya elegancia se destacaba en relación a la gran mayoría de las mujeres miró al hombre desconocido con tanta indiferencia que lo dejó sin palabras. Mirándolo por un segundo, ella pensó: "¿Quién es este tipo? ¿Qué él quiere de mí"?

El hombre del traje arrugado tardó algún tiempo en recuperarse de aquella situación embarazosa, ya que deseaba que su encanto la impresionase. Como nada de lo esperado sucedió, él aprovechó para estudiar las palabras que darían secuencia a la conversación informal.

- Mi nombre es Cristián... - él extendió la mano derecha hacia la joven a su lado, entonces continuó: - Yo soy el comisario encargado de este caso. ¿Cuál es tu nombre?

- Es Giovanna... - ella habló algún tiempo después sin, sin embargo, estrechar la mano un poco temblorosa que aún estaba tendida.

- ¿La señorita era pariente del fallecido? - preguntó el comisario cuando bajó la mano rechazada por la chica.

- No.

- ¿Trabajabas con él?

- No.

- Solo conocida... - él concluyó, dándose cuenta de que no extraería ninguna respuesta con la facilidad esperada.

El comisario deseaba que sus frases provocasen un efecto diferente, haciendo que la bella joven confesase algo que la comprometiese o, al menos, que suministrase alguna pista para que él llegase al asesino del hombre que estaba a punto de ser sepultado.

Al contrario, Giovanna nada más respondió, ni tampoco tomó en consideración la conclusión del hombre que insistía en quedarse a su lado y entorpecer sus pensamientos en relación al hombre que realmente importaba. Lo que el comisario no sabía era que, quien convivió varios años con Claudio, no podría quedarse sin aprender algo sobre la vida y no se involucraría fácilmente.

Cristián miró detenidamente a la rubia mientras estudiaba su expresión, su modo de vestirse y la manera en que ella se comportaba. Él se preguntó por qué la chica permanecía con las gafas de sol, a pesar de que él también continuaba usando las suyas. Indiferente a todo lo que él hacía, ella se mantenía inmóvil, tal cual en el momento en que había sido notada por el hombre que hacía una incómoda compañía.

Con los ojos rojos y aún un poco húmedos mirando hacia la tumba allí cerca, Giovanna ahora veía desconsolada que algunos hombres vestidos de negro comenzaban a introducir el ataúd barnizado en su último destino. Aunque permaneciese en silencio, ella sentía que el dolor desgarraba su pecho.

Dándose cuenta de que algunos de los presentes en aquella ceremonia fúnebre estaban volviendo a llorar, el comisario dejó de prestar atención a ella por algunos instantes. El ataúd bajó lentamente hasta el fondo y, cuando finalmente se detuvo, algunas personas, entre ellas la esposa oficial, le arrojaron varias rosas rojas. Poco después, alguien depositó una enorme corona de flores. La faja en satén perpetuaría una frase de nostalgia en la oscuridad y en el silencio de la tumba.

Distraído, Cristián no se dio cuenta de que su hermosa interrogada había desaparecido sin dejar rastro. Los pocos segundos que gastó desviando los ojos hacia el entierro fueron suficientes para que ella dejase el cementerio y desapareciese entre limusinas negras y pulidas, cada una custodiada por un chófer vestido con su traje rigurosamente negro.

El comisario incluso intentó localizarla al correr hacia el portón corroído por el óxido, pero era demasiado tarde. Giovanna no estaba en ninguna parte, a pesar de que su perfume cautivador aún flotaba en el aire fúnebre del cementerio. Parado en puerta de entrada, él intentó imaginar lo que habría hecho aquella linda joven salir tan rápidamente. Ella ni siquiera se había despedido de la familia de Adriano y, especialmente, no se había despedido de él mismo.

Después de las últimas condolencias, la gente comenzaba a salir por el mismo portón donde aún estaba el comisario. Muchas de ellas no mostraban ningún sentimiento de tristeza, mientras que otras lamentaban enfáticamente lo ocurrido y se reportaban al fallecido con cariño y nostalgia.

Carla salió inmediatamente de aquel ambiente angustioso, siempre amparada por su padre y por Marcos, que estaba acompañado por su esposa en los pocos momentos en que la pareja era vista en el mismo lugar. Mirando hacia atrás al entrar en el automóvil de Bernardo, la viuda tuvo la certeza de que tardaría mucho tiempo en regresar a aquel cementerio, aunque el cuerpo de su madre también estuviese allá.

Los primeros días después del entierro pasaron muy lentamente, a pesar de estar quedando cada vez más pequeños debido a la llegada inminente del invierno. Aún sin conformarse con el fallecimiento de su marido, Carla intentaba olvidarse de los malos momentos a los que había sido sometida en los últimos tiempos.

Cristián continuaba investigando el caso al principio sin solución intentando encontrar al culpable del asesinato, pero se topaba con la falta de vestigios que lo llevasen al descubrimiento de la persona - o de las personas. Había días en que él trabajaba hasta que el agotamiento se apoderase de su cuerpo, pero la elucidación parecía estar muy lejos de ser alcanzada.

Dos sueños alimentaban sus pensamientos. El primero era llegar al asesino que, más que obligación de policía, era una cuestión de honor. El segundo - y principal, era reencontrar la joven que no salía de su cabeza hace muchos días. Como ninguno de los interrogados la conocía, ni tampoco tenía noción de su paradero, se volvían cada vez más arduas las dos misiones. Uno de los sueños, sin embargo, no tardaría mucho en realizarse.

Cierto día, Giovanna se animó y fue a visitar la tumba de Adriano. Antes de entrar en el cementerio, la rubia tuvo mucho cuidado para verificar si había algún familiar o conocido cerca. Después de verificar que su visita no causaría problemas, ella finalmente entró. Nuevamente escondida detrás de las gafas de sol, la chica se acercó lentamente al lugar donde había derramado varias lágrimas. Sus cabellos rubios eran otra vez agitados por el viento, que parecía haberse eternizado en aquel lugar triste y helado.

En silencio, los recuerdos viajaban hasta una época lejana, época que jamás volvería a suceder. Ella recordaba muchos momentos pasados en compañía del hombre que ahora estaba en una sepultura allí enfrente. Con tristeza, la chica leyó la placa de metal pegada a la lápida, en la que estaba grabado el nombre de Adriano y, justo debajo, las fechas de su nacimiento y de su muerte - el último día en que los amantes habían estado juntos.

Los acontecimientos de aquella noche fatídica volvieron rápidamente a su memoria, cuando ella se recordó de Claudio después de mucho tiempo. ¿Por dónde andaría aquel hombre sin escrúpulos? Seguramente estaría gastando el dinero robado de la mansión en compañía de mujeres. Cuando la pequeña fortuna fuese consumida, él retornaría e intentaría aprovecharse de otras personas. Era así como él vivía. Sin embargo, Giovanna se arrepintió al concluir que probablemente sería procurada nuevamente por él y, evidentemente, usada en nuevos golpes.

- ¿La señorita por aquí, Giovanna?

Sorprendida por palabras totalmente inesperadas, Giovanna casi soltó un grito, que resonaría entre lápidas tétricas de piedra y mármol como si un fantasma hubiese hablado. Tan pronto como se recuperó del susto, ella miró hacia atrás y se deparó con una persona que no recordaba. Mirando a aquel hombre extraño de arriba a abajo sin responder nada, la rubia no entendió cómo él sabía su nombre y le dirigía la palabra.

- Lamento haberla asustado, es que yo no esperaba encontrarla por aquí.

- ¿Yo lo conozco?

- Sí, ¿no me recuerdas? - preguntó el recién llegado, que no conseguía ocultar la decepción por no haber sido reconocido por tan bella joven.

Giovanna no intentó esforzarse para recordar que él era, ni tampoco se quitó las gafas oscuras, lo que podría facilitar un poco. Ella se limitó a hacer un gesto negativo con la cabeza, demostrando el menor interés posible por el hombre que la asustó cuando de la llegada repentina.

A ejemplo de lo que hizo en el entierro de Adriano, Cristián extendió la mano para la chica bien vestida y sonrió por causa de la felicidad que sentía por haberla reencontrado.

- Yo soy el comisario Cristián... - él hizo una pausa y esperó a que Giovanna se recordase. Al mismo tiempo, él esperaba que, esta vez, ella le diese la mano. - Hablamos el día que...

- Ah, sí - exclamó la rubia, cuando finalmente aceptó el cumplido suplicante. - Ahora me estoy recordando.

El comisario volvió a esbozar una enorme sonrisa en aquella cara cuya barba indicaba cierta negligencia. Ahora él se arrepentía de no haberlo hecho en la mañana, pero también por la forma en que estaba vestido. Aquel simple apretón de manos tenía casi el sabor de un beso.

Para quien creía no volver a verla, el encuentro casual devolvió las esperanzas y los sueños a Cristián, haciéndole olvidar que estaba allí para trabajar. Fue con un poco de tristeza que él se vio obligado a soltar la mano suave de Giovanna. Su voluntad era de sostenerla y de apretarla para siempre. De hecho, su deseo era mucho mayor que aquello.

- La señorita desapareció aquel día, yo ni me di cuenta - el comisario se detuvo por algunos instantes para interpretar sus propias palabras, pero no midió las siguientes. - La señorita ni se despidió de mí...

- Es que yo tenía un compromiso.

Mientras la observaba atentamente y dedicaba una buena parte de las miradas para apreciar el cuerpo y las ropas de Giovanna, él pensó: "¿Será que esa gata se viste siempre así, tan provocativa?"

No había manera de que él no mirase a aquella mujer. Sus largos cabellos siendo llevados por el viento y aquellos pantalones ajustados delineando las deseables curvas de su cuerpo revelaban formas no siempre encontradas por las calles, mucho menos en cementerios sombríos - o en su comisaría.

Cristián finalmente tuvo la oportunidad de ver los ojos de Giovanna, que ahora ya no se escondían detrás de sus gafas. Las delicadas cejas indicaban que siempre estaban bien cuidadas, pero, ¿había algún detalle en ella que no tuviese el debido cuidado? "Ah, si su corazón estuviese sin cuidados"... - pensó él mientras la imaginación fértil fluía libremente.

- ¿Tú tenías algún tipo de relación con el fallecido? - preguntó el comisario, dejando un poco de lado el deslumbramiento.

Cristián temía hacer aquella pregunta, ya que ninguna de las respuestas sería buena. Si la chica dijese que conocía a Adriano profundamente, posibilidad que ya había pasado por su cabeza innumerables veces - y siempre provocaba celos, la respuesta sería como una puñalada en su corazón. Por otro lado, si ella confesase que había participado en aquel episodio fatal, la investigación tomaría otro rumbo y, consecuentemente, sus sueños secretos de conquistarla naufragarían. Todavía había un grave riesgo de que Giovanna se sintiese ofendida, le diese una bofetada en el rostro y desapareciese de aquel lugar y de su vida para siempre.

- Yo... yo era su amiga - ella respondió después de pensar bastante en las palabras a utilizar.

¿"Amiga? ¿Con todo aquel llanto en el entierro"? - pensó el comisario, que extrañó la respuesta. Mirando fijamente a la chica de los ojos marrones durante algún tiempo, él intentó imaginar qué tipo de relación ella mantenía con el hombre que ya no estaba más presente.

- Yo lo conocí hace algún tiempo - ella continuó como si estuviese en un interrogatorio policial. - Adriano estaba dando una fiesta y un amigo me invitó a ir con él.

Otra vez la tristeza se aposaba de la joven. El amigo al que ella se refería era Claudio, que se las arregló para entrar en la fiesta sin ser invitado. El objetivo del entonces novio de Giovanna era presentarla al dueño de la casa para, más tarde, poder sacar ventajas de una probable relación amorosa.

Giovanna no conseguía olvidar las muchas conversaciones que tuvo con Adriano durante aquella noche, cuando ambos dibujaron trazos de encantamiento en sus rostros sonrientes. A veces, Carla también participaba en los asuntos, pero la cumpleañera era bastante solicitada por los otros invitados y se veía obligada a dejar a su marido en presencia de la joven más sexy de la fiesta. Ingenua, ella no sospechaba que estaba brotando un fuerte sentimiento entre los dos.

Sin demostrar celos, Claudio observaba de lejos todos los movimientos hechos por su novia y por su nuevo amigo. El interés por la fortuna de Adriano era más fuerte que cualquier sentimiento, hasta porque él había usado a la chica en golpes semejantes, pero que envolvían sumas mucho más pequeñas.

Sus estructuras no fueron sacudidas ni siquiera cuando la chica y el empresario cambiaron los números de sus celulares, lo que ocurrió momentos antes de una calurosa despedida y de dos besos muy próximos de las bocas. Sin embargo, a Claudio no le importaba la nueva amistad, aunque supiese que todo pronto acabaría en una cama. Él sabía que Giovanna continuaría siendo suya, sin importar lo que sucediese.

Adriano cumplió lo prometido y telefoneó a la rubia alrededor de las diez horas de la mañana siguiente. El envolvimiento de la noche anterior había modificado los objetivos de la chica, que dejaba de ser la ejecución del plan de Claudio. Ahora, ella deseaba verlo y llevar adelante el sentimiento que los unió en la fiesta.

En aquella época, Giovanna trabajaba hace poco más de dos meses en una farmacia, pero el empleo aún duraría pocos días. Pasados algunos minutos del horario convenido, ella cruzó la calle y caminó hasta la plaza que estaba frente al edificio. Adriano la esperaba sentado en un banco de concreto escondido por varios árboles y arbustos.

Sin pronunciar ninguna palabra, los labios de ambos sonrieron y se tocaron por la primera de incontables veces. La pasión mutua iniciada en la fiesta de cumpleaños de Carla se confirmó instantáneamente, pero la secuencia de besos ocurrió en el camino de un motel.

Pocas palabras fueron pronunciadas en el corto trayecto que el vehículo recorrió, aunque ni se hiciesen necesarias. Ellos deseaban estar juntos, deseaban unir sus cuerpos en uno solo. El amor vino entonces, pero nunca reemplazó la pasión que los unió y los acompañó durante más de un año, hasta que fue interrumpida la noche en que Adriano fue baleado.

Giovanna volvió a ponerse las gafas de sol, ya que deseaba intentar ocultar las nuevas lágrimas. Los recuerdos todavía dolían mucho y parecía que jamás tendrían fin. La conversación prosiguió por algunos minutos más. El comisario estaba tratando de obtener información, pero ella era lo suficientemente inteligente como para no revelar nada.

Lo que Cristián consiguió fue la ingrata certeza de que la joven frente a él había tenido un romance con el fallecido. Para quien deseaba tanto su amor, la comprobación de que aquel corazón aún podría tener dueño lo dejaba muy triste. Él sabía que tenía que tocar profundamente el corazón de la chica para tener alguna oportunidad de cogerla en los brazos. Sin embargo, aquello no sería una tarea fácil. El hecho de que el dueño de su amor ya no estuviese en aquel mundo no facilitaba las cosas. Tal vez las dificultase aún más.

- Yo tengo que irme - ella habló mientras se despedía mentalmente del hombre que se encontraba dentro de un ataúd.

- ¿Ya? Al menos tome mi tarjeta, acaso necesites alguna cosa - dijo el comisario al entregar el pequeño pedazo de cartón a la joven a su lado. - Si tú pudieses darme tu número, yo estaría feliz.

Giovanna reaccionó antes de dar su teléfono a aquel casi extraño, pero se recordó de una de las reglas básicas enseñadas por el ex novio: "si el enemigo es más fuerte, mejor unirse que luchar contra él". Entonces, ella tomó un bolígrafo del interior de la bolsa y anotó el número en la propia tarjeta recibida, después pidió una nueva.

- Ahora yo tengo que ir realmente - ella habló sin importarle el hombre que mucho la deseaba, y que continuaba parado delante de la tumba de Adriano.

- Espera, Giovanna, me gustaría hablar de otros asuntos.

No adelantó la apelación del comisario y no serviría de nada que él intentase, ya que la rubia desaparecía por entre las tumbas de los alrededores.

Al menos, él estaba muy contento de haber conseguido su número de teléfono, ya que tendría una posibilidad de encontrarla nuevamente. Tal vez incluso él pudiese combinar una cena algún día, si las cosas diesen cierto.

La conversación mantenida en el cementerio solo sirvió para aumentar la nostalgia que Giovanna sentía de Adriano. A camino de casa, sentada en el asiento de un autobús, la chica se perdió en la imaginación. Mientras que muchos buenos momentos volvieron a la memoria, ella se preguntaba cómo una relación que duró tan poco tiempo podría ser tan fuerte y, también, como aún la lastimaba tanto.

Al llegar a casa, ella no resistió la necesidad de oír nuevamente la voz del hombre que no salía de su pensamiento ni cuando estaba vivo y ni siquiera después de muerto. Giovanna necesitaba telefonear otra vez a la casa de Adriano - o a la de Carla. Completada la llamada, el teléfono de la mansión sonó. Un toque, dos, tres. Poco después, una voz ronca sonó otra vez en su oído, golpeó el cerebro aturdido como si fuese un torpedo, entonces llegó rápidamente a su corazón.

- Por favor, deje su nombre y mensaje después del tono.

Dominada por la tristeza, Giovanna no consiguió mantenerse lejos del litro de whisky que la esperaba callado en el bar. Esta vez, sin embargo, el vaso no llevaría hielo. La bebida sería como le gustaba a Adriano, al estilo cowboy. A medida que el vaso se llenaba, el litro prácticamente se vaciaba. Luego sería necesario comprar otro.

Giovanna regresó al sofá, donde se derrumbó el cuerpo exhausto. A diferencia de su habitación, donde solo había uno, tres portarretratos colocados en la estantería mostraban la felicidad que reinaba cuando ella estaba en compañía de Adriano. Un largo sorbo de whisky sin hielo descendió quemando por la garganta mientras sus ojos rojos miraban los de su amante.

El efecto del alcohol aliviaba el sufrimiento, a la vez que la impulsaba a llamar otra vez a la mansión. El teléfono sonó y nuevamente la voz del hombre amado se instaló en aquel cerebro afectado por el dolor y la bebida.

Desanimada, ella apagó el teléfono y tomó otro largo sorbo de la bebida caliente, cuyo sabor amargo era enormemente apreciado. El vaso se vació y fue colocado en el suelo, hábito adquirido en los días y noches en que ella necesitaba estar sola en aquel apartamento frío. En aquellos muchos días de soledad, cuando el amante no podría ni darle atención y ni estar junto, la chica se lanzaba a aquel mismo sofá y buceaba, salvo raras excepciones, en el viejo vaso de whisky. Solo así era posible aminorar un poco la nostalgia y el sufrimiento.

Necesitando oír otra vez aquella voz, Giovanna telefoneó nuevamente, pero, a diferencia de todas las otras ocasiones, permaneció en la línea después del término del mensaje de la secretaria electrónica. Tal vez el hombre amado la oyese, del otro lado, tal vez regresase para amarla o, al menos, para llevársela consigo.

- Adriano, mi amor... - ya sin fuerzas, su voz era tan débil como un susurro. – Yo siento mucho tu falta. Ya no puedo soportar tanta soledad. ¿Por qué te fuiste y me dejaste aquí sola?

Después de dejar el primero mensaje comprometedor desde la época en que Adriano oía y lo apagaba para evitar problemas con su esposa, ella colgó el teléfono y, sin quitar los ojos de las fotografías que la observaban desde lo alto de la estantería, llenó nuevamente el vaso. Ahora sí, sólo quedaban algunas gotas de aquel precioso líquido en el litro.

Los ojos hinchados solo se desprendieron de los ojos de Adriano cuando la joven, exhausta y tomada por el efecto devastador del alcohol, finalmente se durmió. El whisky de litro se quedó en el mismo nivel escaso y todavía no sería necesario ir al supermercado a comprar otro.

Los monstruos habituales volvían a atormentar sus pesadillas. Esta vez, sin embargo, ellos perseguían a Adriano, que luchaba mucho, pero no conseguía librarse de aquellas criaturas horrendas. Al final de la persecución implacable, ellos lo alcanzaban y lo despedazaban con sus bocas enormes llenas de dientes, tan afilados como mortales.

Giovanna observaba sin ninguna reacción al desarrollo de aquellas escenas extraordinarias. Parecía que ella ya admitía la muerte de Adriano o, al menos, nada hacía para intentar impedir que la vida del hombre amado fuese tomada de forma tan brutal.

Una pequeña luz roja parpadeaba en un rincón de la sala de estar de la mansión que ahora pertenecía solo a Carla, pero no pasó desapercibida cuando la mujer casi siempre observadora regresó a casa. Sin juzgar el hecho suficientemente importante, sin embargo, ella no tuvo ningún interés en escuchar el mensaje que la contestadora guardaba.

Si tuviese ánimo, quizás ella lo escucharía más tarde, sobre todo porque no debería ser nada alentador. En aquel momento, solo lo que la mujer de cuarenta y dos años deseaba era tomar su habitual baño de hidromasaje al sonido de canciones clásicas, gusto también compartido por el hombre que también vivía allí.

Mientras esperaba que la bañera - en la que pocas veces la pareja entró junto - se llenase con agua caliente, la mujer no mucho más solitaria que en la época en que estaba casada jugaba sus sales favoritas. Al sonido de un violín y de un piano y bajo el vapor que emanaba del agua ahora bien caliente, ella se adentró en la bañera donde intentaría olvidarse de los problemas y de las tristezas.

El recital proveniente del aparato de sonido de la sala ubicada en la planta baja se extendía por los aposentos completamente vacíos y alcanzaba de forma armónica y tranquilizadora los oídos refinados de la dueña de la mansión. La música se mezclaba con el ruido del agua chorreando por el grifo de acero inoxidable y hacía parecer que uno acompañaba al otro.

El dolor por la pérdida del marido aún la molestaba bastante, pero el amor que aun restaba le daba fuerzas para enfrentar una soledad que ya existía incluso mientras estaba casada. Muchas fueron las noches en que Carla necesitó dormir sola, algunas de ellas incluso sin saber dónde estaba su marido, qué estaba haciendo y, lo más importante, con quién lo hacía.

A pesar de todo, e incluso para mantener las apariencias de un matrimonio hábilmente arreglado e de intereses, ella fingía que no le importaba mucho - o nada. Parecía que todo era un sacrificio necesario y obligatorio, que estaba implícito en las reglas de su matrimonio. ¿Cuántas mujeres casadas no estarían enfrentando los mismos problemas conyugales con los que ella ya tuvo el desagrado de convivir?

Sin embargo, aquello era solo pasado, feliz o desafortunadamente, tenía ventajas y desventajas. Adriano ya no estaba en aquella casa y su ausencia hacía que la esposa sufriese sólo un poco. Ahora Carla tenía más tiempo para cuidar de sí misma, más tiempo para disfrutar de la vida y de las cosas que realmente la hacían feliz y daban placer. La vida debería continuar - incluso sin Adriano. No sería tan difícil, no más de lo que ya había sido en muchas oportunidades.

Después de un largo y relajante baño, Carla se puso una túnica y le pidió a la cocinera que preparase la cena. En el piso inferior, ella finalmente se detuvo para escuchar el mensaje que el contestador anunciaba desde antes de llegar a casa. Presionando el botón del aparato, ella oyó atónita el mensaje dejado por Giovanna. Sin entender nada y, al principio, juzgando incluso que se trataba de un engaño, se repitió la grabación. Sin embargo, era verdad mismo. Era realmente la voz de una mujer buscando a su marido muerto.

Ella incluso sospechaba que Adriano fuese infiel, aunque siempre había preferido abstenerse de tales pensamientos y nunca llevar adelante ninguna duda o evidencia. Ella sabía que no era tan hermosa y ni lo suficientemente joven para competir con otras mujeres. Su lugar, sin embargo, parecía garantizado. ¿Por qué preocuparse por cosas que solo le quitarían su tranquilidad y que ciertamente eran pasajeras y sin mucha importancia? Esta vez, sin embargo, era difícil huir de la realidad. Definitivamente, su marido no era fiel, no quedaba ninguna duda.

La música clásica todavía emanaba de algún rincón de la gran sala, pero Carla no conseguía oírla. La voz de la mujer en el dispositivo dominaba estruendosamente sus oídos, impidiéndole que escuchase cualquier otro sonido. Aunque repitiese varias veces el mensaje, ella no derramó ni una lágrima. En el fondo, no era novedad.

Perdiendo el apetito al instante, la cena fue dispensada pocos momentos antes de ser servida. Carla subió a su cuarto, pero la escalera otra vez se volvía muy larga y penosa. Muchos pensamientos pasaron por su cabeza mientras ella imaginaba mil escenas de besos, de abrazos y de declaraciones de amor entre su marido y otras mil mujeres - y Adriano se reía de la esposa en todas las ocasiones. El sueño tardó en llegar.

Al día siguiente, Carla no estaba segura de si realmente había conseguido dormir. El desayuno fue marcado por el recuerdo amargo del mensaje dejado por Giovanna. Volviendo al aparato, ella lo oyó dos veces más. De repente, salió corriendo hacia la habitación y comenzó a revolver las ropas de su marido, que no habían sido donadas debido a la esperanza de que él regresase de las cenizas.

La esposa engañada necesitaba desesperadamente encontrar algo que la llevase a identificar quién había hecho la llamada, ya que el número bloqueado no permitía que fuese identificado. Después de muchos bolsillos revueltos, ella no tuvo éxito. No dándose por vencida, sin embargo, Carla continuaría buscando a la mujer que había disfrutado de algo que debería ser solo suyo.

Después de que la búsqueda alucinante de la verdad no diese fruto alguno, ella tomó la tarjeta de Cristián, que había sido guardada en un cajón de la mesita de noche. Sentada en la cama en la que había sido engañada cuando sucedieron los últimos suspiros del marido, la esposa solicitó la visita del comisario con la máxima urgencia.

- No entiendo qué puedo hacer para ayudarla, doña Carla - dijo el hombre del traje arrugado luego después de aceptar una taza de café llevada por la misma doméstica del otro día.

- Yo quiero que tú averigües quién es esa mujer - explicó la esposa traicionada.

Sin demostrar la menor vergüenza por la situación un tanto embarazosa, la necesidad de encontrar a su rival era muy grande. Así, no importaban los medios que serían utilizados por Cristián para satisfacer sus voluntades.

- Yo soy un comisario de policía, doña Carla, no un detective privado. Si la señora quiere, yo puedo indicar algunos conocidos, todos buenos en lo que hacen.

- ¡No! Yo quiero que tú hagas este trabajo. Como ya investigas el caso, tendrás más facilidades para encontrarla, estoy segura.

- Está bien, veré qué puedo hacer para ayudarla.

La conversación fue interrumpida cuando Carla llamó a la misma empleada y pidió que sirviese otra taza al comisario. Siendo uno de sus pocos vicios, aquel líquido lo acompañaba en el servicio y ayudaba a mantener al policía siempre alerta. Aunque siempre hubiese un termo al lado de su mesa, sin embargo, el café servido en la mansión era incomparablemente más delicioso. Aquel sabor y aquel aroma no se encontraban en ninguna parte, mucho menos en la estación donde él trabajaba.

Tan pronto como la criada salió de la sala, Carla colocó el mensaje para que el comisario escuchase. Ya en las primeras palabras, y considerando la conversación mantenida frente a la tumba de Adriano, él desconfió que la voz debería ser de Giovanna. Cauteloso, Cristián pidió para escuchar el mensaje nuevamente, cuando comprobó que se trataba mismo de la mujer de la que él podría estar enamorándose.

Él se despidió de la doña de la casa prometiendo que investigaría el caso más a fondo. Sin embargo, a pesar de no tener la menor intención de cumplir, el comisario afirmó que se esforzaría para intentar descubrir la identidad de aquella mujer. De hecho, él quería salir de aquel local lo más rápido posible. Sin embargo, la fuga no borraría el hecho de que Giovanna era incluso amante de Adriano y, a pesar de muerto, ella parecía no olvidarlo.

Sin desear regresar a la comisaría en aquel momento, Cristián decidió telefonear a Giovanna. Aparcando el coche justo después de salir de la mansión, él no se dio cuenta de que un vehículo rojo de lujo se detuvo frente al mismo portón mientras tocaba el celular.

Marcos estaba yendo visitar a la vieja conocida y su objetivo era recoger las firmas en varios papeles relacionados con Adriano. El médico nuevamente tuvo que esperar la llegada de la dueña de la casa, que no tardó en bajar las escaleras tanto tiempo cuanto la última vez.

Carla llevó al médico a la oficina y la nueva conversación duró aproximadamente diez minutos. Marcos entregó una pasta a la viuda, que miró aleatoriamente algunos de los varios documentos que deberían ser firmados. Confiando plenamente en el antiguo amigo de su marido, mismo que no supiese exactamente para que servían, ella firmó todos sin cuestionarlo.

Mientras eso, Marcos explicaba - sin entrar en detalles, cuáles serían sus próximos pasos. Después de permanecer en la mansión algunos minutos más, la viuda agradeció al médico por toda la dedicación dispensada en varios episodios, entonces lo acompañó hasta la puerta.

Para la total decepción de Cristián, Giovanna no atendió ninguna de sus llamadas. El hecho lo dejó bastante preocupado, ya que la chica podría no querer hablar con él. Peor aún, ella podría haber dado el número equivocado, o podría estar ocupada con otro hombre...

Mil razones perturbaron aquella cabeza llena de dudas y de temores. Sin ninguna alternativa después de las varias llamadas fallidas, Cristián decidió volver al trabajo. Otros casos lo aguardaban, otros crímenes continuaban sin solución, otras muertes permanecían sin que los culpables tuviesen el merecido castigo.

A la salida del trabajo, él decidió llamar de nuevo - por última vez - a Giovanna. Para su felicidad, sin embargo, la rubia finalmente le atendió. El nerviosismo de Cristián fue tan grande que él acabó olvidándose de que debería tratar de asuntos profesionales con la chica más bonita y sexy que conocía. Aquella voz blanda y deliciosa transformó completamente los pensamientos del hombre que buscaba una verdad tal vez indeseada - y una felicidad tal vez imposible.

- Me gustaría mucho verte, Giovanna.

- ¿Por qué? - preguntó ella, cuyas palabras provocaron una gran decepción en el comisario.

- Bueno... yo estoy saliendo del trabajo ahora y pensé en invitarla a tomar algo. ¿Qué te parece?

Giovanna extrañó bastante la conversación, ya que esperaba un interrogatorio. A pesar de que tampoco tenía nada que hacer, excepto permanecer encerrada en su apartamento y lamentar una vez más la muerte de Adriano, probablemente tomando su whisky rutinario, ella rechazó la invitación.

Decepcionado otra vez, Cristián no insistió. Después de despedirse rápidamente, él fue a un bar, donde posiblemente encontraría amigos acometidos por problemas idénticos. Entre un trago y otro de cerveza, alguien trataría de ayudarlo a salir de aquella tristeza.

Los días pasaron rápidamente. El invierno se hizo cada vez más frío, así como el viento, que venía seguido muchas veces por una lluvia fuerte. El comisario no obtenía ningún éxito en su caso principal y, para no perturbar el trabajo, evitaba pensar mucho en Giovanna. Él conseguía, así, mantenerse alejado de la mujer de los cabellos rubios.

Sin embargo, no fueron pocas las veces que él cogió el teléfono celular, pero resistió la tentación de concluir las llamadas. Además de que podría volverse peligroso involucrarse con una posible sospecha de un crimen, él sabía que no tenía ninguna chance con ella. Un hombre desprovisto de belleza y de encantos difícilmente tendría la posibilidad de conquistar a una joven tan hermosa e interesante. Ella podría encontrar fácilmente un novio mucho más joven y guapo, si así lo desease.

El comisario no conseguía sentirse bien por no llegar a una solución para aquel caso. Acostumbrado a resolver incluso los más improbables, él sabía que tenía que actuar. La forma que encontró para intentar desentrañar aquel misterio fue volviendo al principio. Así, él fue a visitar a Carla una vez más.

Saboreando otra taza de aquel café siempre delicioso, él se enteró de que Marcos estaba involucrado en muchos asuntos. Podría ser una simple coincidencia, pero sus actitudes merecían ser investigadas por el comisario perspicaz. Carla contó que el médico se había convertido en un gran amigo de la familia hace muchos años, cuando Adriano tuvo problemas de salud y necesitó estar internado en su hospital por tres días.

Mientras revolvía el resto del café con la cuchara, Cristián comenzaba a imaginar varias posibilidades. Entre una frase y otra, él intentaba asociar hechos simples a los episodios de los que ya tenía conocimiento. Poco a poco, un nuevo rumbo de investigación comenzaba a ser delineado.

- ¿Tú averiguaste quién es la mujer que dejó aquel mensaje?

- Por desgracia, no.

Como sabía desde el principio quién había dejado el mensaje en el contestador automático y no tenía la menor intención de revelar su identidad a la persona más interesada en el caso extraconyugal de su marido, Cristián necesitaba urgentemente cambiar la dirección que aquella conversación estaba tomando.

- Veo que el doctor Marcos participó en varias cosas con relación a la muerte de su marido - habló el suyo el comisario al intentar desviarse del asunto indeseado.

- Es que yo no tenía otra persona para resolver aquellos asuntos - explicó la mujer sentada en el sillón donde Giovanna ya había estado en la noche en que todo sucedió. – Tú sabes que mi padre está en la vejez. Mis hermanos viven lejos y yo no tengo la menor habilidad para esas cosas...

El otro día, antes de las nueve horas de la mañana, sentado en una sala del hospital, Cristián esperaba la oportunidad de conversar con Marcos. A pesar de haber telefoneado el día anterior y programado un horario con la secretaria, él necesitó esperar hasta cerca de las diez para que finalmente fuese atendido por el médico, cuya agenda estaba generalmente llena.

Con una sonrisa simpática, Marcos, cuyas facciones aparentaban una edad cercana a los sesenta años, lo recibió en su sala. Cristián no dejó de notar la diferencia entre los tonos de los cabellos y del bigote del médico.

Mientras los cabellos canosos brillaban con la luz que entraba por la ventana, el bigote fino y pequeño era negro, lo que causaba gran contraste.

A primera vista, el médico no parecía sospecho. Elegante y sereno, él tenía más la apariencia de un abuelo que propiamente la de un criminal. Cristián podría haber imaginado cosas improbables, ya que el hombre sentado frente a él no se parecía a un asesino.

La conversación se desarrollaba con tranquilidad. El comisario hacía algunas preguntas técnicas acerca del caso sin, no obstante, implicar al médico en cualquier acontecimiento. Contestadas las primeras preguntas, él comenzó a indagar sobre su participación en el papel de representante de la familia de Carla. Sin embargo, se repitieron los mismos argumentos citados por la viuda.

Al principio, no había nada anormal o comprometedor en aquel testimonio, especialmente porque la fisonomía de Marcos ayudaba bastante en su condición de hombre honesto. Todo indicaba que el comisario saldría del consultorio con un nombre a menos en la pequeña lista de sospechosos. Antes de la despedida, el médico preguntó cómo estaba la salud de Cristián. Al término de una corta conversación, él recetó un medicamento y no cobró por la breve consulta.

Tan pronto como salió, él se quedó sentado en su coche durante mucho tiempo. Mientras pensaba en los datos que tenía sobre el caso, él comenzaba a descartar sospechosos. Aún en el estacionamiento, el comisario observó enfermeros y médicos vestidos con un blanco envidiable caminando de un lado para el otro en un ritmo frenético, común a aquellas profesiones.

Había muchas ventanas abiertas en las diferentes habitaciones que él conseguía ver desde allí, además de algunas cerradas. Las personas inclinadas en los parapetos mostraban sentimientos diferentes. Algunos de dolor, otros de esperanza.

Una estatua, cuyo santo tenía el mismo nombre que una de las unidades del complejo hospitalario, parecía encarar fríamente al dudoso comisario. La rigidez de la escultura en concreto no le ayudaba, sin embargo, a resolver ninguno de los diversos problemas. Si dedicase una oración, quizás las cosas cambiasen un poco. Entonces, él podría encontrar la solución que tan alucinadamente perseguía. Sin embargo, él no hizo ninguna oración y el santo continuó en el mismo lugar, estático, en un hermoso jardín rodeado de árboles y macizos de flores.

Inmerso en los testimonios y en las dudas, Cristián intentaba reunir los pocos datos que poseía. Pensando con más calma, él veía que algo no encajaba en la historia contada por el médico, ya que parecía demasiado simple para ser verdad.

Por más inocente que pudiese haber parecido - o haber intentado parecer, sus procedimientos en varias oportunidades deberían ser investigados con más atención. El comisario no salía del hospital con un sospechoso por la desaparición de Adriano, pero su experiencia decía que podría haber más cosas en aquella historia.

Llegó, entonces, el turno de Giovanna. Ahora, la necesidad de descubrir la verdad chocaría con los sentimientos de un hombre irremediablemente apasionado, y esta mezcla no tenía muchas posibilidades de funcionar bien.

Después de un par de intentos, él finalmente pudo oír aquella voz sexy en el teléfono. Esta vez, sin embargo, Cristián necesitó hablar el verdadero motivo que lo llevaba a buscarla. Sin tener más como huir de la conversación, Giovanna aceptó verlo y acordó un encuentro en la misma plaza donde se había encontrado varias veces con Adriano en la época en que sonreía y era feliz.

En menos de una hora, comisario y sospechosa número uno estaban frente a frente. Cristián necesitaba ser cuidadoso con el interrogatorio, necesitaba encontrar las palabras que más conciliasen su deber con los sentimientos que alimentaba en secreto por aquella mujer.

El interrogatorio informal comenzó con su participación emocional con Adriano, aunque el objetivo principal fuese llegar a otro punto. Las respuestas fueron las que el comisario ya imaginaba o ya había oído de aquellos lindos labios en otra oportunidad. La chica se limitó a relatar solo los hechos que no la comprometiesen, huyendo de lo que no interesaba comentar.

Sin embargo, cuando se le preguntó por el lugar en el que estaba a la hora del incidente, ella dudó. Parecía que las cosas nunca eran perfectas, por más que se intentase hacerlas. Tal vez Claudio no supiese todo, o tal vez no le hubiese enseñado todas las artimañas que conocía. En ningún momento, Giovanna tuvo la preocupación de encontrar una coartada que pudiese comprobar su inocencia, si fuese necesario.

Después de tartamudear un poco, la joven respondió que estaba en casa, pero Cristián sugirió que ella pensase mejor en el asunto. Ella podría haber recibido la visita de alguien, podría haber salido a cenar, pero todas las respuestas fueron negativas. Giovanna no tenía coartada y aquello no era bueno para ninguno de los dos. No era una confesión de asesinato o incluso la participación en el caso, pero estaba lejos de ser una prueba de su inocencia.

Cristián no quiso aclarar más detalles sobre la vida particular de la rubia, ni detallar los acontecimientos de aquella noche. Su experiencia de más de quince años en la policía, ocho de ellos como comisario, le daba la casi total convicción de que ella estaba realmente involucrada. E aquello era lo que él más temía.

Giovanna se dio cuenta de dos cosas antes del final de la conversación. La primera era que Cristián realmente estaba enamorándose de ella. La segunda, y más preocupante, era que, a pesar de su astucia, ella podría haberse complicado. El comisario tuvo la habilidad suficiente para involucrarla en las preguntas y ella no consiguió salir bien en todas las respuestas.

Después de una rápida despedida, el comisario desapareció entre los árboles de la plaza y dejó a la chica sumergida en un pozo de aflicciones. Sentada en el lugar donde tantas veces había sido feliz con Adriano, ahora era la ingrata presencia del ex novio que ella quería. Por más manipulador que pudiese ser, él ciertamente sabría cómo actuar, tendría algún plan para librarla de un quizás futuro incierto.

La vida de Claudio era sólo fiesta, día tras día, noche tras noche. El día comenzaba cerca de las catorce horas, cuando él despertaba acompañado generalmente por una o dos mujeres. Después de un poco más de sexo y de una comida vigorizante, el hombre despreciable ya estaba listo para comenzar una nueva ronda de emociones, que consistía en reunir más mujeres, juegos, bebidas, placer, cigarrillos y... más sexo.

Sin importarle en ningún momento el mal que había causado a Adriano, a su esposa y a su ex novia, Claudio no sería él mismo si actuase diferente. En sólo dos oportunidades él se recordó los acontecimientos. En la primera, fue en agradecimiento por la placentera vida que aquel dinero conseguía proporcionar, que acababa por transformarse en la época más feliz de toda su vida abominable.

En la segunda, recordando los hechos ocurridos en la mansión, él se sintió extasiado por haber disparado algunos tiros certeros. Ver a un hombre rico y poderoso caer ante sus pies había sido una experiencia muy gratificante, principalmente porque se trataba del hombre que estaba envuelto con su eterna ninfa.

En una de sus maravillosas noches, Claudio se metió con la acompañante de un turista brasileño, otro asiduo frecuentador de los casinos de aquel pequeño país de América del Sur. Cuando el marido lo sorprendió con la esposa besándose en una mesa del bar del hotel donde se hospedaba la pareja, se desató un gran tumulto.

Claudio y César cambiaron ofensas y luego se dirigieron a una disputa física, compuesta por varios golpes y algunas patadas. Antes que los funcionarios de seguridad tuviesen la oportunidad de llegar al lugar para apartar la pelea explosiva, varias sillas, la mesa y todo lo que estaba cerca fue derribado.

El resultado de la pelea fue un ojo rojo en cada uno de los adversarios, sangre corriendo por la nariz de César y el gasto por todo el daño provocado, que fue dividido en partes iguales. A Claudio no le importó el daño ni un poco. Después de todo, no era su dinero que estaba siendo utilizado, además de que todo parecía una gran diversión. La pelea había servido muy bien para romper la rutina que se venía estableciendo en los últimos días.

El hombre que había huido del país preventivamente, a pesar de difícilmente ser señalado como sospechoso por robo y asesinato, ganó más dinero del que perdió en los casinos que frecuentó, lo que acabó prolongando la estadía en aquel paraíso por mucho más tiempo del que imaginaba.

Aunque las mujeres que lo rodeaban hubiesen llevado una buena parte de los recursos, todo era diversión para el hombre que sólo pensaba en placer y en aventuras. Tan pronto como el dinero se agotase, él robaría, hurtaría, extorsionaría, tomaría posesión de cualquier cosa de valor y después, como generalmente lo hacía, volvería a gastar hasta el último centavo, viviendo la vida como más le gustaba. A su manera, él se consideraba un bon-vivant.

Uno de los dos hombres que aún hacía mucha falta para Giovanna - el que estaba vivo - raramente se quedaba con una mujer más de tres o cuatro días. La facilidad que él tenía para hacer nuevas amistades, aliada a las fiestas promovidas en el hotel y a las juergas que hacía suceder durante y después de las noches en los casinos, garantizaban siempre una gran y variada cantidad de acompañantes, todas tan lindas como vulgares.

Cierto día, al llegar a la comisaría, Cristián fue sorprendido por un mensaje pegado en el monitor de la computadora. La nota, escrita por un colega, solo decía que Giovanna había llamado y que él debería telefonearle lo antes posible. Sin embargo, incluso después de leer el pequeño pedazo de papel por la quinta vez, el comisario todavía no conseguía imaginar lo que la rubia pretendía.

A pesar de ser consciente de que no había la menor posibilidad de que la relación que habitaba su subconsciente desde el día del entierro de Adriano funcionase, él alimentaba una ínfima esperanza de conquistarla y tenerla en los brazos algún día.

No queriendo perder tiempo y mucho menos la oportunidad de encontrarse con la rubia, él telefoneó inmediatamente. Si se demorase, ella podría desistir de la conversación. Mejor no correr tal riesgo.

- Hola, Giovanna – él habló así que la chica contestó. - ¿Pasó algo?

- No, nada más. Yo sólo no estoy muy bien.

- Tu voz está diferente. ¿Tú necesitas alguna cosa?

- Sí. En realidad, yo necesito compañía...

- ¿Compañía? Yo... yo...

Sorprendido, el comisario tartamudeó y no supo qué responder. Tantas fueron las veces que él deseó invitarla a salir, a cenar o incluso a tomar una cerveza en su bar tradicional o en un shopping y, ahora, era la chica quien estaba buscando compañía.

- Es que hoy es mi cumpleaños - continuó ella, una vez que Cristián no consiguió hablar más. - Y yo no quería pasar otra vez sola. ¿Tú aceptas salir conmigo?

- Por supuesto que sí! - él habló sin pensar y, solo algunos momentos después, percibió que había exagerado en la reacción.

- Bien. ¿Tú puedes recogerme en casa más tarde?

- Sí. ¿A qué hora?

- Creo que a las ocho. ¿El horario está bien para tú?

- Si, muy bueno.

¿Y no lo estaría? Cristián la buscaría en cualquier lugar y en cualquier momento, incluso en el fin del mundo, si fuese necesario. Después de una breve conversación y aún sin creer que aquello fuese verdad, él colgó el teléfono.

Giovanna tenía dos razones para querer reunirse con el comisario. Uno de ellas era porque le gustaba mucho salir. Sería bueno sentirse viva otra vez después de la pérdida de Adriano, y ella necesitaba mucho esto. Acostumbrada a ir a fiestas, bares y otros eventos, los últimos meses habían sido de reclusión total. La invitación también estaba llena de buenas intenciones.

La otra razón, sin embargo, no era tan decente como la primera. La rubia necesitaba usar su encanto para conquistar de una vez por todas el corazón de Cristián. Estando de su lado - y no en contra, sería mucho más fácil sortear una situación que ya se estaba volviendo preocupante. Engañar a aquel hombre solitario no debería ser una misión muy ardua. Al final, ella sabía que al comisario le gustaba y estaba dispuesta incluso a usar el cuerpo para convencerlo de mantenerla fuese del caso.

Dos fechas siempre han sido muy tristes para Giovanna: la Navidad y su cumpleaños. Por ser particularmente nostálgicas, ella comenzaba a sentirse carente en los días que las precedían, teniendo una necesidad muy grande de estar en la compañía de las pocas personas queridas que conocía.

El año anterior, cuando ya estaba con Adriano, el hecho de él ser casado le impidió verla la noche en que cumplía veintidós años. Una cita aquella tarde, en su propio apartamento, además de un regalo bastante caro - que parecía una recompensa material por él no poder dispensar la atención y el tiempo necesarios a la amante - marcaron la fecha.

La Navidad fue aún peor que el cumpleaños, sin embargo. Adriano había viajado con su esposa durante dos semanas, lo que acabó transformándose en una de las épocas en que la chica más lloró en la vida muchas veces sufrida. Sin embargo, el aniversario anterior no había sido muy diferente. Cuando aún estaba con Claudio, ella había sido cambiada por otra mujer. Ninguna de estas fechas tenía buenos recuerdos.

El resto del día fue muy diferente para los dos, aunque hubiese un sentimiento común: la ansiedad. Por un lado, el comisario festejaba por el encuentro que podría cambiar de una vez su vida de soltero. La inseguridad que se apoderó de él durante aquellas horas se contrapuso a la felicidad por finalmente tener la posibilidad de expresar sentimientos contenidos desde que la vio por primera vez.

Por otro lado, Giovanna necesitaba hablar con alguien, ya que la nostalgia de Adriano la lastimaba demasiado. Tal vez incluso ella fingiese que no iba a encontrarse con Cristián, sino con el hombre que no estaba más vivo – y que ella no conseguía dejar de amar.

Bohemio hace algunos años mucho por la necesidad, no la variante, Cristián pasaba algunas noches en los bares en compañía de los amigos o de los colegas de profesión. Entre una cerveza y otra, historias de amores, desilusiones y deseos atravesaban las madrugadas y hacían que la cama se enfriase por una cantidad mucho menor de horas.

El comisario conocía casi todos los bares de la ciudad y se había sentado en prácticamente en todas las mesas. Todos los camareros eran sus amigos casi íntimos, además de muchos de los frecuentadores - y unos sabían de las vidas de los otros.

Contrariando todos los temores de aquel día casi interminable, Giovanna atendió al intercomunicador ya en el segundo toque, ansiosa que estaba por el buen progreso del plan. Después de un pequeño ruido, su voz apareció en el aparato pegado a la pared exterior del edificio. Para Cristián, se parecía a las campanas tocadas por los ángeles.

- Llegué... - dije una voz bastante nerviosa.

- Está bien, ya bajo.

Mientras esperaba, él se preguntaba por qué el ascensor tardaba tanto en bajar un simple piso. ¿Se habría detenido a mitad del camino? ¿O Giovanna habría renunciado a la cita? Poco después, sin embargo, la puerta del edificio finalmente se abrió, cuando una chica apareció de forma deslumbrante dentro de un vestido corto y demasiado justo. El hombre que la esperaba ansiosamente concluyó que la naturaleza era realmente generosa con algunas personas.

Finalmente se deshizo la fisonomía preocupada y ansiosa que acompañó el rostro del comisario por todo el día. En su lugar, se abría una sonrisa prominente, que esbozaba toda la alegría y todo el alivio por conseguir alcanzar uno de los objetivos. La invitación era real, él no estaba delirando cuando leía repetidas veces la nota pegada a su computadora y ni siquiera cuando conversaba con Giovanna por teléfono. La noche tenía todo para funcionar.

Al observar el modo como Cristián estaba vestido, una sonrisa también surgió en el rostro bastante abatido de la joven que aquel día cumplía veintitrés años - edad que no aparentaba de manera ninguna. A diferencia de otras ocasiones, ella se impresionó al ver que el comisario vestía un abrigo negro y un pantalón beige. La corbata combinaba con el traje, esta vez dejándolo mucho más atractivo que en las otras oportunidades.

La rubia concluyó que debería ser la agitación de la profesión lo que le impedía andar con ropas más bonitas. Ella también notó la barba hecha. Hasta aquel momento, el comisario sólo había sido visto con la barba por hacer. Su aspecto era muy diferente. Otra cosa que la sensibilizó fue ver que, después de saludarla y felicitarla por la fecha, él abrió gentilmente la puerta del coche para la cumpleañera entrar.

- ¿Adónde vamos, Cristián?

- Yo conozco un restaurante muy bueno, está en el centro. ¿Qué te parece?

- Para mí está...

- Oh! - él interrumpió inmediatamente. - Perdone mi descortesía, Giovanna. Creo que la cumpleañera tiene todo el derecho de elegir el restaurante.

- No te preocupes, podemos ir donde dijiste.

- No... - él insistió al parar el coche en un semáforo. - Tú eliges el lugar.

- ¿Te gusta la comida italiana? - la chica preguntó mientras sonreía su sonrisa hermosa y ponía cariñosamente la mano sobre la pierna de Cristián.

- ¡Por supuesto que sí!

- ¿Te gusta mismo o lo dices sólo para complacerme?

- ¡Por supuesto que me gusta! ¿A quien no le gusta la comida italiana?

Al llegar al restaurante, que no estaba lejos del lugar donde estaban al decidirse, un aparcacoches se acercó. El hombre vestido con un uniforme negro y una camisa blanca esperó callado que el comisario bajase del coche, cuando lo llevaría al estacionamiento. No acostumbrado a tales procedimientos, el comisario necesitó el auxilio de la chica a su lado para entender de qué se trataba. Mientras dejaba que un hombre desconocido entrase, él se preguntaba cuánto costaría aquel privilegio.

Durante la cena, Cristián observaba a aquella bella mujer sin hablar mucho. Pareciendo estar hipnotizado, hechizado, su deseo era saltar por encima de la mesa, ignorar la presencia de los camareros y de los otros clientes y besar aquella boquita linda que, con un lápiz labial rojo vibrante, se abría y se cerraba mientras una música blanda salía de su boca.

Giovanna, por su parte, estaba deslumbrada por la gentileza y la cordialidad del nuevo amigo. Acostumbrada a cenas en todo tipo de restaurantes, casi siempre acompañada por hombres ricos y poderosos, especialmente por su querido Adriano, ella estaba disfrutando de aquella compañía. Un poco en duda si había acertado o no al salir, ahora ella estaba contenta de haberlo invitado.

- Yo no conseguía soportar más esperar a este encuentro, Giovanna - confesó Cristián sin quitar los ojos de los de la chica hermosa y elegante sentada enfrente.

- Yo también estaba impaciente por este instante llegar. Últimamente, casi no salgo de casa.

- Bueno, si te gustó, podríamos salir más a menudo a cenar, bailar, ir al cine...

- Sí, podemos. Hay una película que me gustaría ver.

- Genial.

La conversación perduró durante la cena, aunque el comisario se atreviese a desear más el postre – no la que era servida en el restaurante - que aquellos platos variados y sabrosos. Ya eran más de veintitrés horas cuando la pareja dejó el lugar. Después de quedarse tranquilo por recibir de vuelta su coche entero, el hombre que había pagado una cuenta bastante salada comenzó a rodar lentamente por las calles de la ciudad, mucho más tranquilas en aquel momento que durante el día.

- Yo agradezco que tengas salido conmigo, Cristián - habló la chica al repetir el gesto hecho cuando comenzó a conversar en la ida al restaurante. - No sé qué yo habría hecho si tú no hubieses aparecido. Sería muy triste pasar sola otro cumpleaños.

Cristián entendió que ella estaba hablando de la relación con Adriano y deseó que aquel asunto fuese olvidado. Dolía imaginar que aquella joven hermosa había pertenecido a otro hombre, especialmente siendo casado. Aunque ella nunca hubiese pertenecido a él proprio - y tal vez nunca llegaría a pertenecer, no era bueno quedarse pensando aquellas cosas. Él se descubrió otra vez celoso.

- Bueno, me alegra haber contribuido un poco para hacerla feliz.

- Y lo hiciste... – confesó ella esbozando una hermosa sonrisa en aquellos labios tan deseados por el hombre que conducía el coche.

Cristián colocó una de sus canciones favoritas y deseó que Giovanna entrase en el clima que había se aposado de él durante bastante tiempo. Para su sorpresa, ella soltó el cinturón de seguridad, se acercó y colocó la cabeza sobre su hombro. Ahora el deseo de besarla se hacía más grande. Si pudiese, él pararía el auto en aquel instante, mismo que fuese en el medio de la calle, entonces tocaría aquella boca probablemente tan suave como el algodón.

- Me encanta esta canción - dijo Giovanna algún tiempo después.

- Parece que tenemos algunas cosas en común.

Temeroso al principio, el comisario fue poco a poco sintiéndose más tranquilo, hasta que creó coraje para pasar el brazo sobre el hombro de la joven. Si estuviese del otro lado, ella ciertamente sentiría las palpitaciones frenéticas de su corazón.

- Esta noche fue muy agradable, Cristián - la voz de la rubia era tan baja como un susurro. - Me encantó cada momento, desde el primero hasta el último minuto.

- Me alegra que te guste, Giovanna. Fue increíble estar contigo todo este tiempo.

- ¿Tú quieres entrar un poco en mi apartamento? – ella preguntó mientras el auto se acercaba al edificio.

- Si te parece bien... - él tardó un poco en responder.

La noche estaba saliendo mucho mejor de lo que el comisario imaginaría en sus mejores pensamientos. Además de haber cenado con aquella chica fantástica, que ahora colocaba la mano sobre su pierna otra vez, él tenía la oportunidad de conocer su apartamento y, principalmente, de continuar en su compañía.

Diferentemente de cuando ella bajaba, antes de salir para cenar, el ascensor llevó a la pareja rápidamente al primer piso. Tan pronto como la puerta se abrió, las lámparas del pequeño apartamento se encendieron. Feliz, Cristián finalmente entraba en el lugar donde vivía la mujer que tanto había deseado en los últimos tiempos.

- Siéntate, Cristián. El sofá no es muy nuevo, pero es cómodo.

- Él es bueno, Giovanna, no te preocupes.

- ¿Quieres un whisky? Es todo lo que tengo en casa.

- Puede ser.

- ¿Qué te parece servir dos vasos mientras yo busco hielo en la cocina? Todo lo que necesitas está ahí en la estantería.

- ¡Todo bien!

Cristián se levantó del sofá en el que estuvo sentado apenas algunos segundos y no imaginó cuántas veces su anfitriona había pertenecido a Adriano, Claudio y a media docena de otros hombres en aquel mismo lugar. Ignorando las muchas escenas que tal vez lo dejasen erizado, él caminó hacia el bar mientras veía a Giovanna desaparecer por la puerta de la cocina.

Al tomar el litro de whisky, él no consiguió dejar de percibir los cuadros colocados sobre la estantería, en los cuales la chica aparecía al lado de Adriano. Los celos le hicieron doler el pecho al comisario una vez más, aunque él hubiese intentado no pensar en aquello mientras ponía la bebida en los vasos. Callado, él volvió al lugar en el cual se había sentado hace algunos instantes.

Aunque pequeño, el apartamento de Giovanna parecía bastante acogedor para el comisario. La sala era acogedora y bien decorada, mismo que no tuviese ninguna pieza de valor – hasta porque su apartamento también no tenía.

Dos cuadros en las paredes eran más suaves que los portarretratos y mostraban paisajes y flores. Una estatuilla muy bonita sostenía algunos libros en el estante mientras una lámpara de pie larga, colocada en el suelo, separaba los dos sofás, al mismo tiempo que combinaba con el conjunto. Lo único que no encajaba, según el concepto del comisario, eran aquellas fotografías de Adriano.

Adriano... ¿Cuántas veces aquel hombre estuvo sentado en aquel mismo sofá donde Cristián esperaba el regreso de Giovanna? ¿Cuántas veces ella le habría declarado su amor al hombre de los retratos? Mil imágenes pasaron por su mente, haciendo que él se volviese loco de celos.

El comisario no pudo dejar de pensar que el hombre casado ciertamente la besaba allí mismo, en aquel sofá, tomaba aquel mismo whisky que en breve sería bebido por él y por Giovanna. Ciertamente, el amante la desnudaba allí mismo, y allí la amaba, y también en la cocina, y en el baño, y en la habitación. Era doloroso imaginar tales escenas, aunque no fuese su novio, aunque no representase nada para aquella rubia.

Angustiado, Cristián intentó desviar el pensamiento hacia otras cosas. Era mejor apreciar de nuevo la decoración del apartamento, o tomar un sorbo de whisky, incluso si aún no hubiese hielo, o mirar por la ventana entreabierta, lugar donde él fue al levantarse bruscamente.

Tal vez, observando los edificios de la vecindad, el comisario consiguiese un poco de tranquilidad, pero no fue lo que sucedió. Mirando hacia la noche oscura, él no pudo evitar que otras ideas fantasiosas lo asombrasen. Algún habitante del edificio de al lado podría ser conocido de

Giovanna, tal vez ya le hubiese besado la boca, o ya la habría visto desfilando desnuda por el apartamento.

La chica regresó a la sala, finalmente, trayendo cubos de hielo en un pequeño balde y haciendo que Cristián regresase de sus pesadillas. La sonrisa que emanaba de aquel rostro hermoso aplastó un poco sus celos enfermizos. Al mismo tiempo, sin embargo, impidió que los ojos del hombre afligido se diesen cuenta de la delicia que era aquel cuerpo al hurgarse maliciosamente mientras ella caminaba.

- ¿Me extrañaste mucho? - ella preguntó aun sonriendo.

"¡Tú no sabes cuánto, chica"! - pensó Cristián, que prefirió no responder nada para no comprometerse con palabras inoportunas o hasta osadas. Con una sonrisa un poco forzada, él tomó el balde de hielo de aquellas manos ciertamente muy suaves y colocó tres cubos en cada vaso. Si la conociese mejor, sin embargo, él habría puesto uno menos.

La joven que ya no sonreía desde la noche trágica en la mansión de Adriano se sentó al lado del comisario sin preocuparse mucho por esconder las piernas, que salían peligrosamente del interior del vestido corto. Aun sonriendo, ella hizo un brindis levantando su vaso de whisky.

- En realidad, necesitaríamos champán, no whisky... - dijo la dueña del apartamento.

- ¿Cómo?

- Para el brindis... no se brinda un cumpleaños con whisky, ¿verdad?

- Realmente, falta champán - el comisario acordó sin desviar los ojos de los de ella. - Y necesitaría ser de primera calidad...

- ¿Qué?

- El champán. Tú mereces champán de la mejor calidad.

- Gracias.

- Feliz cumpleaños de nuevo, Giovanna - él habló aun sin quitar los ojos negros de los ojos marrones de la joven sexy sentada a su lado. - Deseo que tú seas muy feliz.

- Gracias, Cristián, tú eres muy querido - ella demostró lo mucho que le habían gustado aquellas palabras dando un beso en el rostro del comisario. - Fue un placer conocerte.

- No me hagas esto, Giovanna, por favor...

- ¿No hacer qué?

- No hagas que yo me enamore de ti – él habló después de tomar aliento y un largo trago de whisky. - No sé a dónde eso podría llevarnos. Yo no puedo enamorarme de ti...

- ¿Y por qué no, tonto? ¿Tú me tienes miedo?

- Es mejor dejar las cosas así, Giovanna. No olvides que yo soy el comisario encargado de investigar el caso de Adriano.

Cristián no tenía forma de saber, pero aquellas palabras pesaban mucho más sobre Giovanna que sobre él. A pesar de esto, ella fingió que no estaba afectada por lo que acababa de oír. Las dos personas que estaban sentadas en el sofá bebieron el whisky, entonces sonrieron sin mucho ánimo.

Aun con el clima tenso instaurado después de aquellas palabras, Cristián continuaba loco para besar la boca de Giovanna y cargarla hasta su cuarto. Allí, finalmente, él declararía la pasión que tan ardientemente lo consumía, así como intentaría no importarse con quien ya la hubiese llevado para aquella misma cama o con quien ya hubiese poseído su cuerpo. Él la amaría con toda la ternura que su corazón pudiese sentir e intentaría hacerla feliz como ella seguramente ya debería haber sido en otras épocas. Al mismo tiempo, él también intentaría volver a ser feliz.

- Nosotros podemos dejar que las cosas sucedan normalmente... - insinuó Giovanna, que escondía no solo malicia detrás de aquella sonrisa, sino también diversos intereses oscuros.

- ¿Tú hablas en serio?

La chica respondió a la pregunta que le hizo el hombre frente a ella dándote otro beso en su rostro. Sin saber que aquel toque contenía una buena dosis de falsedad, Cristián tardó un buen tiempo en regresar de las alturas.

- Bueno... - él reflexionó mientras miraba el reloj. - Creo que ya es mi hora. Después de todo, mañana es día de trabajo...

- Está bien, pero yo quería que tú supieses que tu compañía fue muy buena. Me gustó todo lo que pasó esta noche.

- Yo también, Giovanna querida... - habló Cristián al poner las manos sobre las de ella, que descansaban encima de rodillas descubiertas por el corto vestido negro.

Incluso en contra de su voluntad, el comisario se levantó inmediatamente de aquel sofá acogedor. Él necesitaba irse antes de que no resistiese más la tentación de tomar a Giovanna en brazos y... Mejor ir a casa incluso, ciertamente habría otro día para esto. Y, aquel día, las cosas finalmente funcionarían. Entonces, tal vez él tuviese la posibilidad de tomarla en sus brazos y hacerla su mujer.

Al salir del apartamento, el comisario dio tres pasos y apretó el botón del ascensor. Mirando a Giovanna y viendo aquella hermosa sonrisa, él tuvo que tener mucha determinación para resistir. Cristián extendió la mano para despedirse, pero la rubia prefirió demostrar de otra manera su gratitud por las pocas horas que pasaron juntos.

El hombre que recibió un abrazo y otro beso en el rostro otra vez necesitó una fuerza descomunal para evitar que el primer encuentro acabase en la cama - si la intención de la rubia fuese la misma. Resistiendo la tentación, él sonrió y entró en el ascensor. Su sonrisa perduró mientras las puertas se cerraban y probablemente se prolongaría madrugada adentro.

Llegaba a su fin una noche muy agradable, una noche que él recordaría por mucho tiempo. Tal vez el comisario no consiguiese dormir, embriagado por los simples besos en el rostro, por el abrazo cariñoso y por las sonrisas casi mareadoras venidas de labios tan suaves.

Contenta de que una parte del plan había funcionado, Giovanna cerró la puerta y se fue a tomar un baño. Minutos después, ella saldría envuelta sensualmente en una toalla, colocaría otras dos copas de whisky con dos cubos de hielo - y no con tres, como Cristián había hecho, entonces escucharía sus canciones románticas.

Volviendo al sofá en el que estuvo sentada con Cristián y con otros hombres, ella dejaría caer la toalla y se acostaría desnuda, como habitualmente lo hacía. Las dosis de la bebida favorita servirían para mitigar el frío y sacramentar el inicio de una posible victoria, a la vez que calmarían un poco un dolor por la pérdida de Adriano, que aún latía en algún rincón de su corazón.

Faltaban aproximadamente quince minutos para la medianoche y la chica continuaba acostada en el sofá, desnuda, tomando lentamente su bebida. Escuchando sus canciones favoritas, ella pensaba en un hombre con el que ya no podría estar. Por más que lo intentase, era difícil olvidarse del amante. Ella lo amaba de la misma manera que antes, sentía la misma nostalgia de cuando pasaba varios días sin verlo, deseaba su cuerpo del mismo modo como siempre había deseado.

Adriano no había muerto, sólo estaba ausente. Tal vez hubiese ido a viajar muy lejos, aunque no hubiese una fecha prevista para su regreso. Con los ojos cerrados, la chica intentaba imaginar dónde estaría el amor de su vida en aquel momento. ¿Él estaría en el cielo? Ciertamente no sería en el infierno, ya que era Giovanna quien estaba en él.

La mano helada soltó el vaso en el suelo y un dedo volvió a jugar con lo que quedaba de los cubos de hielo casi totalmente derretidos. A continuación, la misma mano comenzó a deslizarse por la desnudez de su cuerpo en un intento de imitar los movimientos que, en épocas felices, hacían las manos de Adriano. El deseo de tenerlo otra vez dentro de sí era enorme. La misma mano volvió a buscar el vaso en la oscuridad de la sala, después lo llevó a la boca seca, cuando la chica tomó en un sólo trago lo que había de aquel líquido dorado y de sabor amargo.

El vaso vacío fue arrojado bruscamente al suelo y sólo no se rompió porque rodó por la alfombra peluda. Los trozos de hielo que quedaban, ya desgastados por el contacto con el líquido corrosivo, rodaron cerca del otro sofá tal como dados en un casino, en el que se apostaba toda la fortuna y toda la suerte de una noche. Giovanna, sin embargo, apostaba en aquellos cubos helados y sin números sólo la tristeza y el dolor que aún sentía por la falta que Adriano hacía. Para su decepción, no había forma de ganar en aquel juego.

La mano helada por causa de la baja temperatura y por el contacto con la copa por varios minutos volvió a recorrer el propio cuerpo, paseando tranquila y sensualmente por partes que Adriano, así como Claudio y algunos otros hombres, habían conocido muy bien. La música terminó, pero la mano continuó recorriendo la suavidad de la piel en el ansia de provocar placeres contenidos hace mucho tiempo. En el silencio y en la penumbra de la sala del apartamento frío y vacío, Giovanna experimentó sensaciones que pocos hombres consiguieron provocar mientras la tocaban, sintió las manos de Adriano otra vez acariciándola lugares prohibidos.

El placer que ella provocó inconscientemente en sí misma dio a la niña la sensación de que había sido tocada por el hombre amado, haciendo que un fuerte y agradable escalofrío recorriese todo su cuerpo desnudo, de la cabeza a los pies. Oponiéndose al escalofrío helado, una intensa ola de calor se apoderó de ella y provocó una tensión similar a la erupción de un volcán. Adriano estaba otra vez allí, a su lado, o encima de ella. Él la tocaba, besaba su boca, amaba su cuerpo. El amante no había muerto, pero ahora estaba con ella y prometía que no huiría jamás.

Embriagada, la joven permaneció acostada en el sofá que tantos secretos y placeres guardaba. Contemplando la oscuridad, ella oía solo el sonido del silencio de la noche. Sin oír más la música, ella disfrutaba de la enorme soledad que parecía no querer abandonarla.

Los minutos pasaron, el tiempo pasó, vertiendo el frío de la soledad sobre el cuerpo aún desnudo de la joven ahora dormida. El alcohol ingerido nuevamente ayudaba a perseguir sus sueños, trayendo todas las figuras aterradoras que la perseguían en tantas otras ocasiones. El mismo viento frío de la pesadilla se transportó hacia la realidad e hizo que Giovanna despertase en un sobresalto.

- ¡Adriano! – ella gritó asustada al sentarse en el sofá.

Notando que el teléfono fijo estaba sonando, ella no sabía más si había sido despertada por el viento, por el timbre intermitente o por el propio amante. Helada por causa del frío y del susto por haber despertado tan repentinamente, la chica también despertó con el propio grito, que parecía aún hacer eco por la sala oscura. Estirando el brazo con bastante dificultad, ella alcanzó el teléfono inalámbrico.

- ¡Hola!

Había un silencio morboso al otro lado de la línea. ¿Sería Cristián el que llamaba porque no conseguía dormir después del abrazo y de los cuatro o cinco besos en el rostro? ¿O Claudio podría estar extrañando a su ex novia o, más precisamente, a su cuerpo?

Poco después, se repitieron el mismo saludo y el mismo silencio. Giovanna esperó más algunos segundos y, no oyendo nada después de hablar por la tercera vez, colgó el teléfono. Intrigada, ella concluyó que la extraña conexión no podría ser obra del comisario y ni del hombre que había huido sin dar la menor satisfacción, a pesar de no tener la menor idea de quién podría haber sido.

Aún sentada en el sofá, ella cogió otra vez el teléfono, ya que la nostalgia del amante continuaba golpeando fuerte. A pesar de saber que jamás se repetiría, ella aún deseaba ardientemente oír su voz, sentir sus besos. No resistiendo el impulso, la rubia decidió llamar a la mansión. Ella necesitaba escuchar aquella voz de nuevo, incluso sabiendo que era sólo una grabación.

El teléfono sonó en la mansión completamente oscura, ya que la propietaria estaba durmiendo, cortando el silencio similar al que había en el apartamento también a oscuras – además de la tumba donde estaba el cuerpo del hombre a que las dos mujeres aun amaban. El sonido electrónico se esparció por los aposentos vacíos, que eran iluminados tan solo por la luz de algunos postes que formaban parte de la decoración del enorme jardín.

Sumergida en un sueño tranquilo, Carla tardó un poco en despertar. El teléfono de la cabecera de la cama estaba a propósito con el timbre apagado, pero el de la sala continuaba despertando. Cuando finalmente abrió los ojos y encendió la lámpara, que iluminó suavemente la habitación donde tantas veces la esposa había sido feliz con el marido - y triste con y sin él, la contestadora giró automáticamente el mensaje de recepción, aún en la voz de Adriano.

- Por favor, deje su nombre y mensaje después del tono.

Las dos viudas de Adriano escucharon la voz del hombre que aún era amado - mucho por una, no tanto por la otra. La voz un poco ronca penetró en los oídos de ambas y provocó mucha nostalgia, dolor y tristeza. Ninguna de ellas resistió aquel mensaje, aunque lo hubiesen escuchado tantas veces. Una lágrima rodó por el rostro de la esposa, no siendo diferente con la amante.

Al oír aquellas pocas palabras, Carla recordaba que ya había pasado la hora de reemplazarlas. Adriano ya no estaba en la casa y tampoco regresaría. Así, no tenía ningún sentido mantener la grabación. Giovanna, por otro lado, deseaba ardientemente continuar escuchando una frase tan simple, pero tan importante para su supervivencia. Las lágrimas continuaron descendiendo, pero solo en el rostro de la más joven de las dos.

Al final del mensaje, otra vez la chica no colgó el teléfono. Incluso sin desear o haber pensado en qué hacer, ella dejó un nuevo mensaje. Era como si el amante pudiese estar en la mansión para escuchar, entonces regresaría la llamada en cuanto pudiese - o que consiguiese librárse de la esposa.

- Adriano, mi amor, yo no aguanto más tanta tristeza... - la voz pausada y bajita hacía doler su garganta como si por ella estuviese bajando algún tipo de ácido. - Yo...

- ¿Quién está hablando? - Interrumpió Carla, indignada por la audacia de la amante de su marido ya muerto.

Tomada por la sorpresa, ya que no esperaba que nadie contestase, la joven se quedó callada, sin saber qué hacer. Tal vez, si esperase un poco, aquella mujer le diese el teléfono a Adriano, entonces la chica finalmente escucharía aquella voz dulce otra vez.

- ¡Hola! - insistió Carla sin ocultar la indignación. - ¿Quién está hablando?

La mujer de cuarenta y dos años no conseguía contener el nerviosismo. Las manos temblorosas sostenían el teléfono como si el aparato fuese una rama y, ante un precipicio, ella intentase salvar su vida.

Temiendo por las consecuencias, la chica de veintidós años se apresuró a colgar el teléfono evitando, así, una indeseable e innecesaria conversación con la ex rival. De todos los modos, su amante parecía no estar mismo en la mansión. Tal vez él estuviese en otro mundo.

Aun derramando algunas lágrimas y temblando por causa de la tensión, Carla se quedó sentada en la cama enorme y suave, cuyas almohadas no menos suaves se asemejaban a nubes blancas flotando en el cielo en un día claro. Sin embargo, no había ningún ángel sentado en ninguno de ellos.

Aquellas entidades, si existiesen - y ella dudaba que fuesen realmente reales, deberían estar cuidando de otras personas en aquel momento. la viuda se sentía desamparada e imaginaba no ser merecedora de los cuidados angelicales. Cesando finalmente el temblor de las manos, ella también soltó el teléfono.

No soportando más la madrugada fría, Giovanna se retiró a su cama igualmente helada, cama que otrora había sido muy caliente. A pesar de que ya no tenía sueño, ella se escondió debajo de una gruesa manta para intentar calentarse y esperar que naciese otro día no menos solitario y triste que los otros tantos.

Como había ocurrido en el momento en que Giovanna estaba durmiendo, el teléfono del apartamento sonó otra vez. Temiendo ser Carla, que podría haber descubierto su número, la joven usó la almohada para cubrir la cabeza y torció para que aquel sonido estridente cesase de una vez por todas. Ella no se atrevería a atenderlo, no a aquella hora de la noche, no después de haber llamado a la casa de Adriano.

Sin embargo, la chica ignoraba que su teléfono había sonado varias veces aquella noche mientras ella cenaba con Cristián. Más que esto, ella no tenía condiciones psicológicas para saber que el hecho podría estar relacionado con su cumpleaños.

El comisario también tardó mucho tiempo para conseguir dormir. Embalado por el tintineo de campanas, que tocaban suavemente en sus oídos, él no dejaba de pensar en los labios que no consiguió besar, pero que sintió en el rostro algunas veces. Una sonrisa se escondía en la oscuridad del cuarto, revelaba un sentimiento que venía creciendo gradualmente y que ganaba espacio en un corazón que ya no consideraba la oportunidad de enamorarse otra vez.

La dulce sensación - o ilusión - de que la rubia pudiese estar enamorándose de él hacía que la sangre corriese frenéticamente por sus venas y devolvía la vida a un hombre que ya no tenía muchas esperanzas de volver a ser feliz en el amor. De esta manera, el sueño no tenía forma de llegar.

El comisario probablemente necesitaría hacer uno más de sus cafés reforzados al amanecer para tener condiciones físicas de enfrentar otro día de trabajo extenuante en la comisaría. Tal vez el Pececito no recibiese atención y podría incluso considerarse un animal afortunado si ganase comida.

Cristián quedó tan deslumbrado durante todo el día siguiente por la voz suave y la sonrisa de Giovanna que casi no conseguía trabajar. El efecto de los besos de la noche anterior fue tan potente que él no tuvo el valor de tocar temas profesionales durante la cena o en apartamento de Giovanna.

En la comisaría, entre un problema y otro, a cada poco surgía la imagen llamativa de la rubia, que sonreía y daba un beso en su rostro, entonces la paz volvía a reinar en el mundo. Ojalá los besos hubiesen sido en la boca...

Contrariamente al comisario, aquel mismo día no sería ni un poco tranquilo para Carla, que no conseguiría olvidarse tan pronto del hecho ocurrido en la noche. Su primera actitud, tan pronto como bajó la escalera de mármol, fue cambiar la grabación del contestador. Nunca más "aquella chica", como ella comenzó a referirse a Giovanna, oiría la voz de su marido. Si pudiese, el mensaje contendría una frase que insultase a la amante de su marido.

Incluso antes de tomar su desayuno en la terraza cerrada que estaba cerca de la cocina, la dueña de la mansión llamó a Cristián y pidió de nuevo su visita. Como el hombre enamorado de la rival de la mujer extremadamente enojada no tenía el menor interés y ni siquiera condiciones de atenderla, él no podría negar abiertamente.

Sin permitir que Carla se diese cuenta, Cristián le pidió que le dijese el problema por teléfono. La excusa para no cruzar la ciudad para visitar la mansión aquel día, a pesar del delicioso café de los otros días, era la falta de tiempo. Con el corazón apretado, sin embargo, el comisario tardó en digerir el relato hecho por la viuda. Él no entendía por qué Giovanna llamó a la casa de su amante después de todo lo que había ocurrido entre los dos la noche anterior, principalmente porque Adriano estaba muerto.

Profundamente herido, él se sintió traicionado porque la chica no conseguía olvidar a Adriano. El hecho le molestaba bastante, ya que se hacía cada vez más difícil - para no decir imposible - conquistar su corazón. A pesar de estar muerto, el marido de Carla continuaba siendo una barrera.

Aquellas palabras continuaron martillando en la cabeza de Cristián durante el resto del día. Al final de la tarde, finalmente, él no aguantó más el ardor que quemaba el estómago y decidió telefonear a Giovanna. Como la chica dijo que no podría encontrarlo por tener una cita, el comisario informó que necesitaba interrogarla sobre una posible participación en la desaparición de Adriano.

La llamada hizo que la chica entendiese que había llegado la hora de acercarse de una vez por todas a él. Usar su cuerpo y su encanto tal vez fuese la única oportunidad de hacer que él dejase la investigación o, al menos, la dejase fuera. Aun así, ella no tenía certeza de que el plan funcionaría.

Por otro lado, Cristián también necesitaba tomar otras medidas. Incluso sin saber qué hacer con respecto a la mujer de la que estaba enamorado, él decidió empezar una investigación más directa. Los nuevos interrogatorios comenzarían por los dos médicos que, a su juicio, estaban directamente relacionados a aquella intrigante historia.

Pensando un poco más en los datos que tenía hasta el momento, él iniciaría por Marcos. Como ellos ya habían conversado en otra ocasión, cuando el médico pareció ser inocente, al menos juzgando por su fisonomía y por las explicaciones bien fundadas, el comisario quería saber qué impresión tendría después de los últimos acontecimientos. Antes de investigarlo, sin embargo, era necesario revisar los archivos del hospital donde trabajaba el médico. Él creía que podría haber algo registrado, alguna información que lo acercase a un culpable.

En la mañana del día siguiente, él fue al mostrador de atendimiento del hospital y solicitó la presencia del responsable por el archivo. Después de esperar aproximadamente diez minutos, él quedó impresionado con la enfermera que venía a su encuentro. Aparentando poco más de veinte años de edad, ella tenía fuertes trazos indígenas. Los cabellos de la chica eran completamente negros y casi llegaban a su cintura. Un flequillo recto escondía las cejas y parte de los ojos bastante negros.

- ¿En qué puedo ayudarte, comisario?

- Estoy investigando un caso y necesito revisar algunos registros – él explicó sin conseguir quitar los ojos de aquellos enormes cabellos lustrosos.
- ¿Puedo ver los archivos del hospital?

- Discúlpeme, comisario, pero no estoy autorizada a permitir que alguien tenga acceso a los registros. Lo siento mucho.

- ¿Cómo tú te llamas? - preguntó Cristián, tratando de encontrar una manera de tener acceso a la valiosa sala, ya que en ella podrían estar papeles de importancia fundamental para el curso de las investigaciones.

- Fernanda.

- Yo entiendo que la señorita...

- Señora... - interrumpió a la enfermera, que luego enfatizó: - Yo no puedo permitir que nadie entre allá.

- Discúlpeme, Fernanda. La señora me parece demasiado joven para estar casada, ya que no llevas anillo. Bueno, de todos modos, estoy seguro de que nadie tiene que saber que alguien ha tocado los registros del hospital.

Con una sonrisa casi imperceptible, aunque sin decir nada, Fernanda no ocultó que le gustó la observación. Mientras pensaba si debería ayudar al comisario o no, ella miró para los lados para saber si algún colega estaba escuchando la conversación.

- Nadie sabrá que estuve aquí, Fernanda, tú puedes estar tranquila. Yo sólo quiero investigar datos sobre un caso que investigo y que tiene importancia muy grande. Un asesino permanecerá impune, si yo no descubrir nada.

Fernanda permaneció callada. Ella demostraba señales de que estaba cediendo, pero necesitaba acatar las órdenes de su superior. Mirándola, Cristián se dio cuenta de que estaba a punto de ganar su confianza.

- Yo sólo necesito comprobar algo. Prometo que no tardaré más de diez minutos... - él sonrió nuevamente y suplicó: - Por favor, Fernanda...

La enfermera se dio cuenta de que no sería fácil deshacerse del comisario. Suspirando, como si no pudiese soportar más la insistencia, ella finalmente consintió.

- Sígame, comisario.

- Muchas gracias. Yo sabía que podría contar con tu colaboración.

- Regresaré en diez minutos - ella habló al parar delante de la sala de archivos. - Espero encontrar todo tan organizado como está ahora.

- Tú no te arrepentirás de haberme ayudado, puedes estar segura...

Abriendo la puerta de la sala que quizás ocultaba secretos que permitiesen al comisario finalmente descubrir algo concreto, la responsable del archivo se alejó.

- Regresaré en un momento, comisario. por favor, no me comprometa.

Fernanda desapareció por entre los corredores blancos del hospital, dejando a Cristián solo frente a una verdadera base de datos. Él estaba feliz de haber logrado uno de sus objetivos, pero ahora tenía que actuar rápidamente para no decepcionarla. Sin perder tiempo, él comenzó a leer inmediatamente los archivos que, esperaba, pudiesen ocultar información importante.

Alrededor de las nueve horas de la mañana siguiente, el comisario regresaba a la sala de espera del doctor Marcos después de muchos días. En la otra oportunidad en que estuvo en aquel lugar, él estaba a punto de conocer al gran amigo de Adriano. Mientras no era atendido, Cristián aprovechó para hojear algunas de las revistas que reposaban sobre una mesita de madera colocada entre las varias sillas.

Víctimas de los efectos de la estación fría, dos niños esperaban atención en la misma sala tosiendo y estornudando bastante. La mujer que las acompañaba, a juzgar por las actitudes, no debería ser la madre, pues no daba ninguna atención a ellos. Al contrario, ella mantenía una conversación alegre con alguien a través de una aplicación de celular. Un señor de aproximadamente sesenta años parecía estar con el mismo problema de los niños. Había otras dos personas esperando por atención.

En un balcón cerca de la entrada de la sala, una enfermera tecleaba algo en la computadora. Cristián notó muchas similitudes entre ella y Giovanna. Aunque fuese un poco más joven, el color de los cabellos era un poco más oscuro que los de la rubia, pero el tamaño era casi el mismo. La belleza del rostro y la forma de la nariz también se parecían a los de su amada.

El teléfono sonó a su lado, pero ella tardó un poco en atenderlo, probablemente para no perder la concentración en lo que hacía. Después de terminar de escribir la frase, la chica lo atendió. Enseguida, ella condujo discretamente a Cristián a la sala del médico. Tan pronto como entró, la enfermera cerró la puerta y regresó a la computadora. Probablemente algún informe importante la esperaba.

- ¿A qué debo el honor de la nueva visita, comisario? - preguntó el médico con la sonrisa simpática de siempre. - ¿Su salud se complicó otra vez?

- No, doctor. Aprecio que pregunte, pero la salud va muy bien. Lo que me trae de vuelta es, en realidad, un asunto un tanto intrigante: el cadáver que fue identificado como el de Adriano.

La forma en que Cristián pronunció aquellas palabras provocó un gran efecto en el médico. Marcos se acomodó nerviosamente en la cómoda silla negra de cuero, a la vez que la tradicional sonrisa fue reemplazada por una mirada aprensiva.

Tal manifestación no pasó desapercibida por el comisario, que comprobó su teoría. Aquel podría ser el camino correcto. Para atormentarlo un poco más, Cristián nada habló en los segundos que se sucedieron. Marcos no podría intentar defenderse antes de ser acusado. Él comenzaba a ganar una pequeña batalla en aquella guerrilla sin enemigos declarados o conocidos.

Cristián se sintió bien al deleitarse con el nerviosismo demostrado por el médico sentado frente a él. Antes de continuar, él aún cruzó las piernas y jugó deliberadamente con la plaqueta colocada encima del escritorio, en la cual estaban reproducidos, en letras negras, el nombre y la especialidad del médico.

- Yo no estoy convencido de que la historia sea tan simple así. Además, yo supe que tú ha tenido una buena participación en varios episodios desde la desaparición de Adriano.

El médico permanecía callado y con la misma fisonomía seria adquirida en el momento en que Cristián inició el asunto. Poco después, él pasó la mano sobre el bigote oscuro, tal vez intentando secar el sudor que probablemente brotaba disimuladamente por debajo.

- ¿Qué tú viniste a hacer al hospital aquella madrugada, doctor? Por lo que consta, tú sólo trabaja en consultas diurnas.

Ahora el sudor brotaba con prominencia de la frente del médico, que jamás se había preparado para preguntas como aquellas. Por pensar que el asunto nunca saldría a la luz del esquife, él no sabía qué responder. El nerviosismo que se aposaba del médico era igualmente proporcional a la excitación experimentada por Cristián.

Era como en un juego de ajedrez. El rey estaba acorralado, no había muchos lugares para esconderse, no había muchas piezas del mismo color para ayudar a derrotar al enemigo mortal. Además de haber poco que hacer, las piezas de su lado no estaban bien posicionadas. El comisario parecía estar cerca de la victoria.

- ¿De qué tú estás hablando?

Después de un comprometedor silencio, en el cual intentó demostrar una calma que no sentía, finalmente el médico se manifestaba. La frase era un intento de ganar tiempo y, al mismo tiempo, encontrar una salida. El médico necesitaba pensar rápidamente, ya que no tenía argumentos para derrotar al comisario. Responder a una pregunta con otra era su única táctica, pero de nada servía. Sólo demostraba debilidad.

- Por lo que me informaron... - explicó Cristián mientras movía otra vez la plaqueta - ...el señor estuvo aquí alrededor de las cuatro o cinco horas de aquella madrugada. ¿Qué ha venido a hacer, doctor?

- Vine a atender a un paciente - el médico dudó un poco hasta responder. - Él estaba pasando muy mal, entonces me llamaron de prisa.

- ¿Puedo saber el nombre de ese paciente?

- Bueno, no lo recuerdo bien. Eso pasó hace mucho tiempo...

- No hace tanto tiempo así, doctor. Además, no he encontrado nada al respecto en los archivos del hospital...

Ahora el comisario esperaba que Marcos no descubriese que su afirmación no era más que un farol, ya que nada sabía acerca de la atención de urgencia. El doctor podría estar diciendo la verdad.

- Por lo que me consta... - argumentó el médico, siendo la única alternativa que quedaba - ...yo tengo el derecho de permanecer callado, ¿no tengo?

No fue necesario citar el resto de la famosa frase. El comisario había entendido, así como había percibido que Marcos estaba realmente escondiendo hechos importantes. Ahora, solamente una citación oficial haría que él hablase. Esto, sin embargo, era sólo cuestión de tiempo. Tarde o temprano, acabaría sucediendo. Sin embargo, Cristián no tenía idea de lo lejos que estaba de la verdad.

Con una despedida menos amistosa que la primera vez que los dos hombres se encontraron en aquella misma sala, y sin una revisión en la consulta, el comisario se retiró. Tan pronto como cerró la puerta, el médico cogió el teléfono e inmediatamente hizo una llamada. El rey intentaría el último lance para intentar evitar el jaque mate.

De vuelta en la comisaría, Cristián decidió esperar el momento adecuado para interrogar al doctor Euclides. Antes de continuar, él necesitaba poner en orden los hechos que había logrado. Satisfecho con la conversación en el hospital, él estaba tan radiante que tenía la impresión de que sus ojos relucían.

Algunos minutos después de acomodarse en la silla menos cómoda que la de Marcos, y después de tomar un tradicional café, su celular sonó. Nada menos que Giovanna estaba al otro lado de la línea. Parecía mucha coincidencia que ella telefonease inmediatamente después de la conversación que había sucedido con Marcos. Cada vez más, parecía que los dos tenían alguna conexión, aunque el comisario no imaginase cuál.

La rubia dijo que quería verlo y que se quedó pensando mucho en la cita de la noche de su cumpleaños. Ella también dijo que le gustaría salir de nuevo y arregló una cita para aquella misma noche. La pareja podría ir al cine, a un bar exquisito como los que ella no había frecuentado hace mucho tiempo o a cualquier otro lugar. Como él no tenía nada que perder, la invitación fue aceptada.

Cristián recibió otra llamada aproximadamente media hora después. Esta vez era Tadeo, que demostraba mucho nerviosismo y hablaba de una manera bastante agitada. Él tenía miedo de lo que podría suceder, ya que Euclides le había mandado llamar con urgencia.

Aterrorizado, el funcionario de la morgue contó que su jefe había recibido una visita extraña, lo que provocó bastante alboroto e hizo que el médico se encerrase con el recién llegado en su sala por mucho tiempo. Al describir lo desconocido como un señor canoso de aproximadamente sesenta años, el comisario no tuvo que pensar mucho para descubrir de quién se trataba. No fue necesario decir que él llevaba bigote y ni siquiera continuar con la descripción.

Cristián pidió que el muchacho mantuviese la calma y le aconsejó que no hablase con Euclides hasta que hubiese agotado todas las excusas, cuando no fuese realmente posible posponer la conversación. Reflexionando un poco más, él sugirió que Tadeo podría alegar que no se sentía bien y que se fuese lo más rápido posible para ganar tiempo. Al menos, aquello retrasaría la reunión.

El empleado de la morgue aceptó el consejo y, después de pedir permiso a uno de sus superiores, se fue inmediatamente. Mientras tanto, el comisario intentó adivinar qué tramaban los dos médicos al encerrarse en la sala de Euclides. ¿Cuál sería la conexión entre ellos? ¿Qué escondían? Al hombre muy pensativo le gustaría mucho tener aquella y varias otras respuestas.

El comisario dedicó el resto del día a armar una estrategia para conseguir con Euclides el mismo éxito logrado con Marcos. Giovanna no habitó mucho sus pensamientos hasta que llegó la hora de dejar la comisaría. Poco después de las diecinueve horas, él volvía a su apartamento. Después de un prolongado baño y quince minutos delante del armario hasta finalmente encontrar algo adecuado para vestir, él se despidió del pececito que aún no tenía nombre y pidió que le desease buena suerte.

Después de rodar por algún tiempo, su vehículo paró frente al edificio de Giovanna. Solo entonces su dueño percibió que ya eran casi veintiuna horas. Más a gusto que la última vez, él bajó silbando y caminó hasta el intercomunicador del edificio, presionando el botón correspondiente al apartamento de la rubia, que no tardó tanto en bajar.

- ¡Te ves hermosa! - él habló tan pronto la chica apareció, siendo obligado a rendirse a aquella belleza deslumbrante. - Lindísima, yo diría...

- Gracias.

- ¿A dónde vamos?

- Hay una película que me encantaría ver...

Mientras hablaban, la pareja caminó hacia el coche. Otra vez, el comisario abrió la puerta como un caballero y entró enseguida. Al sonido de una música romántica, como eran prácticamente todas las que él oía, el vehículo retornó para el centro de la ciudad, donde se localizaba el cine escogido.

Giovanna quería ver una comedia que se estrenaba aquella semana. Como había visto en el periódico - ahora ella había retomado una vida casi normal leyendo, incluso, periódicos - la película era protagonizada por algunos actores bastante famosos y había recibido muchos elogios de la crítica.

Mientras esperaban su turno para comprar las entradas, Cristián aprovechó para observar cómo aquella chica era hermosa. El hecho de que ella estuviese a su lado lo llenaba de orgullo y hacía que mirase soberano a las otras personas que aguardaban en la fila.

La película era divertida y merecedora de las críticas positivas, haciendo que Giovanna se riese del principio al fin. El hombre a su lado, un poco más reservado, también se rió, aunque más la mirase que propiamente a la enorme pantalla delante. Muchas fueron las veces en que él casi se arriesgó a pasar el brazo por detrás del cuello de la rubia, pero le faltó valor. La película terminó y los dos salieron aun riendo y hablando de las escenas divertidas.

Al entrar en el coche, a ejemplo de la noche del cumpleaños, Giovanna colocó la mano sobre la pierna de Cristián. Con una linda sonrisa en aquellos labios aún intactos - por él, la joven dio otro beso cariñoso en su rostro. No fue aún aquella vez, sin embargo, que el comisario se atrevió a corresponder un beso de la rubia. Él sólo sonrió un poco torpe y la miró durante algún tiempo.

- ¿Por qué ese beso?

- Porque tú me gustas, tonto...

- Cuidado, Giovanna... – él recomendó al arrancar el motor. - No juegues conmigo, por favor...

Giovanna no respondió y el coche se movió lentamente. Sin prisa, Cristián no pasaba por los semáforos amarillos, pero esperaba que se pusiesen rojos para poder parar y mirar a la mujer increíble que estaba sentada a su lado. Sin aún creer que fuese verdad, él tenía mucho miedo de dejar que la pasión que ya sentía hace tiempo se transformase en adicción. De hecho, lo que él temía mismo era perderla - o peor, no ganarla.

El coche se detuvo frente al edificio y la pareja permaneció algún tiempo en silencio. Sólo la música, que estaba en un volumen muy bajo, se oía en el interior.

- ¿Vamos a entrar un rato? - preguntó Giovanna finalmente. - Podemos hablar, tomar algo. Pero voy a avisarle, no tengo champán...

Cristián se rió de la broma y aceptó la invitación, entonces los dos dejaron el vehículo y entraron en el edificio. En instantes, el ascensor los llevó para arriba. La puerta del apartamento otra vez se abrió para la entrada de los dos y se cerró enseguida.

Pareciendo amigos íntimos, tal vez hasta novios, Cristián fue al bar y colocó whisky en dos vasos. Como la otra vez, Giovanna fue a la cocina para buscar hielo con su balde plateado. El comisario evitó los pensamientos que lo dominaron el otro día en que estuvo en aquel mismo lugar y aprovechó para ensayar lo que diría cuando la chica regresase.

Sin demorarse mucho, ella apareció otra vez majestuosa por la puerta de la cocina y, esta vez, Cristián observó su manera sensual de caminar. Poco después, él usó el agarrador de hielo y colocó nuevamente tres cubos en cada vaso. Giovanna prefirió no decir que siempre tomaba con dos.

- Yo estoy enamorado de ti, Giovanna - Cristián fue directo como lo había entrenado muchas veces.

- Enamorado?

Sonriendo sutilmente, ella hizo de cuenta que aún no lo sabía. Sin embargo, la sonrisa en aquellos labios hermosos ocultaba una felicidad mucho mayor, ya que la alumna de Claudio podría sacar algún provecho de la situación.

- Sin embargo... - él continuó aun sin sonreír - Quiero que tú sepas que descubrí su participación en el asesinato de Adriano, aunque todavía no sé cómo sucedió.

Giovanna perdió la sonrisa que había empezado hace poco. Callada, ella tomó apresuradamente un sorbo de whisky. Pronto, el contenido de la copa sin duda sería rehecho. Una sensación fría recorrió el vientre de la chica, que ahora sentía una falta muy grande del ex novio, ya que Claudio sabría muy bien qué hacer en aquella situación. Como él había desaparecido tanto cuanto Adriano, sin embargo, parecía que nadie más podría ayudarla.

- No sé qué más hacer - continuó el comisario sin tomar la bebida que estaba en su vaso. - Si llevo la investigación adelante, voy a acabar incriminándote. Y este es mi deber...

- Cristián, cariño, nosotros podemos...

Sin ocultar la tristeza, el comisario interrumpió la frase que se iniciaba tapando la boca de la chica con el dedo. Él no creía que Giovanna lo amase lo suficiente para llamarlo de aquella manera. Además, teniendo en cuenta los cuadros con las fotos del amante, que aún permanecían en el estante - y en el cuarto en el que Cristián nunca había estado y el hecho de que ella había llamado a la casa de Carla hace poco tiempo, la rubia no podría estar diciendo la verdad.

De hecho, nada de lo que ella dijese le haría cambiar de opinión. Él sabía que Giovanna estaba involucrada en el caso, solo ignoraba el hecho de que ella había ejecutado todo con las órdenes de Claudio.

- Ya tomé una decisión, voy a alejarme del caso - él continuó después de tomar el primer trago. - Inventaré alguna excusa para mi superior y mañana mismo estaré fuera.

Cristián ya sabía que, al involucrarse con Giovanna, acabaría mal. Sin embargo, él sólo dejaría el caso oficialmente, pues continuaría investigando por su cuenta, sin que nadie lo supiese. Al final, si descubriese la verdad, él vería lo que podría hacer. Después de todo, los culpables deberían ser castigados. Él sólo deseaba, si fuese posible, perdonar a la mujer de la que estaba perdidamente enamorado, aun sabiendo que aquella actitud no correspondía a sus obligaciones profesionales.

- Sé que no tengo ninguna chance contigo - él continuó mientras veía Giovanna llenar de nuevo los dos vasos. - Sé que tú aún amas a Adriano y, aunque esté muerto, no consigues olvidarlo.

- No, tonto... - Giovanna intentó convencerlo, lista para usar los artificios que funcionaban tan bien con tantos hombres. – Tú me gustas de verdad, Cristián, o yo no estaría a tu lado ahora.

Giovanna tomó el primer sorbo de la segunda copa, se acercó al comisario y lo abrazó. Después de decir algunas cosas cariñosas en el oído, sus bocas finalmente se encontraron por primera vez. El beso inesperado fue largo e hizo que Cristián subiese más alto que las nubes. Después, el beso en la boca descendió hasta su corazón y consolidó un amor fuerte e irreversible, bien de la manera que la chica necesitaba para librarse de los problemas serios.

Incluso con el corazón dividido entre el amor y el deber de policía, que exigía responsabilidad e imparcialidad, el comisario se entregó a los encantos de la mujer que tenía poco más de la mitad de su edad, sin embargo, mucha más experiencia. La pareja se besó en aquel sofá ya experimentado por varios otros hombres, cuando la dueña del apartamento intentó llevarlo a su habitación.

- No hagas eso, Giovanna... - él suplicó, aunque su instinto quisiese exactamente lo contrario.

- No seas tonto, Cristián... - ella insistió, dejando bien claras sus intenciones, ya que el sexo sería la recompensa por el silencio del comisario. - Ven conmigo, ven...

- No, Giovanna. Por favor, no hagas eso...

Cristián se levantó del sofá, a pesar de la invitación muy tentadora, entonces caminó hasta la puerta de salida. Sin entender lo que estaba sucediendo, Giovanna apenas lo acompañó. Nunca habiendo sido rechazada por un hombre, el sentimiento era extraño y frustrante no sólo por la necesidad que ella tenía de entregarse a él. Una breve despedida, que no tuvo besos y ni abrazos, los separó a los dos tal vez para siempre.

El comisario bajó por las escaleras sin aguardar el elevador, entonces entró en su coche y se quedó parado por uno o dos minutos. Algún tiempo después, él condujo distraídamente su vehículo de vuelta al apartamento que estaba situado en el centro de la ciudad e ignoró casi todos los semáforos cerrados, además de varias leyes de tráfico. Tan pronto como llegó a casa, él se sentó al lado del Pececito, cuando lloró todas las lágrimas que no habían sido derramadas en los últimos tiempos.

Era ultrajante e inmensamente entristecedor saber que aquella chica irresistible se estaba tirando en sus brazos tan solamente porque él había descubierto su participación en un crimen. La postura de la rubia era abominable y sólo significaba que Cristián nada representaba para ella. Llegar a tal conclusión era muy desalentador. La necesidad de ocultar la verdad dolía menos que saber que una mujer hermosa aceptaría ir a la cama únicamente porque él sabía demasiado.

A pesar de haber sentido finalmente el sabor de los labios de Giovanna, objeto de sus más profundos deseos hace mucho tiempo, la noche no fue buena y Cristián despertó varias veces durante la madrugada. Parecía que las pesadillas que acompañaban a la chica casi todas las madrugadas, tardes y mañanas se le habían transferido a través de los labios. Perseguido por monstruos durante el poco tiempo en que conseguía dormir, el comisario despertaba asustado después de terminado cada uno de ellos. La rubia lo deprimió más que los criminales de su vida diaria.

La mañana comenzó temprano otra vez y el café necesitó ser bien fuerte para poder mantener al comisario en alerta hasta la hora de ir a trabajar. El Pececito se sintió perjudicado, ya que no recibió el tradicional buen día de su dueño.

Dirceo mandó llamar a Cristián cuando el comisario llegó al trabajo. Entrando en la sala acristalada, al comisario no le gustó ni un poco la fisonomía demostrada en el rostro de su jefe. Parecía que las noticias serían otra vez desagradables.

- Yo lamento informarte, Cristián - habló el hombre de cincuenta y seis años de forma categórica. – Tú estás siendo apartado del caso de aquel empresario.

A pesar de haber tomado la decisión el día anterior, Cristián quedó muy decepcionado. Por jamás pasar por algo semejante, él estaba avergonzado y sin argumentos. Sin poder revelar sus secretos a Dirceo, él necesitaba enfrentar en silencio aquella situación embarazosa. Al mismo tiempo, sin embargo, el sentimiento era de alivio, ya que él no necesitaría tener que pedir el retiro.

- Yo ya me imaginaba eso, jefe. ¿Puedo saber quién se encargará del caso a partir de ahora?

Cristián temía que el nuevo encargado se interesase por Giovanna, en caso de que descubriese su implicación en aquella trama. El otro comisario seguramente entraría en contacto varias veces con la rubia, haría invitaciones para salir, quizás hasta llevase flores.

Pensar en esto hizo recordar al comisario que él nunca le había dado un ramo de flores a Giovanna, ni siquiera en su cumpleaños. En su opinión, una chica tan linda como ella debería andar siempre sobre rosas. Incluso la lluvia que caía sobre su cabeza debería estar constituida por miles de pétalos aterciopelados y perfumados.

Cristián se sentía mal al pensar que su compañero podría incluso ser acosado por ella. La rubia lanzaría su encanto sobre él, besaría su boca y seguramente lo llevaría a la cama. Sin los mismos sentimientos, el otro comisario aceptaría la invitación en el exacto momento. Entonces, ellos harían el amor una, dos, tres - mil veces. Así, Cristián él tendría la posibilidad de amar el cuerpo de aquella chica.

- Todavía no sé quién será el responsable - informó Dirceo, ignorando la tormenta que se instalaba en el cerebro ya enfermo de uno de los menores empleados de la comisaría.

- ¿Yo ya puedo regresar a mi sala ahora, jefe?

- Espera un minuto. ¿Qué te está pasando, Cristián?

- No es nada, Dirceo. Tal vez yo esté necesitando vacaciones.

- Si no hiciese pocos meses que tú saliste, ¿no? Yo no comprendo, tú no conseguiste descubrir nada sobre el caso, no conseguiste hacer ningún arresto...

- Las cosas están difíciles... – él se disculpó, aunque no estaba diciendo la verdad.

- Bueno, tú tienes otros casos que resolver. Preocúpate por ellos. Ahora ya puedes irte.

De vuelta en su sala, y solo después de pasada parte de la decepción inicial, Cristián mantuvo la decisión de continuar investigando el caso de Adriano - o de Giovanna - por cuenta propia. Nadie tendría que saberlo - nadie podría saberlo. Además, él concluía que estaba llegando el momento de salir de la vida de aquella chica para siempre.

Al mismo tiempo, Giovanna despertaba para una realidad cruel. Mirando el saldo bancario, ella percibía que estaba llegando al límite financiero tolerable. Un par de meses más así y la chica estaría en problemas. Como siempre había sido sostenida por algún hombre, ella se veía ahora en una situación inusitada y un tanto desesperada.

¿Cómo haría ella para mantener el nivel de vida disfrutado en los últimos cuatro o cinco años? Ropas de diseño, zapatos de cuero, joyas, los gastos del apartamento. Incluso su whisky era de buena calidad. La chica sólo no tenía coche porque no le gustaba conducir. ¿Cómo ella iba a sobrevivir de ahora en adelante? Adriano estaba muerto, Claudio había desaparecido y Cristián la había abandonado.

Una nueva fase debería comenzar inmediatamente, cuando ella necesitaría buscar un empleo. Sin embargo, el poco tiempo que había trabajado en la farmacia del barrio no significaba experiencia. Después de pasar la fase de la niña mimada, que vivió con los padres hasta cerca de los dieciocho años, su única función fue ser mujer. Giovanna fue novia, amante y amiga, desempeñando muy bien todos los papeles. Ella sólo no fue esposa.

El teléfono que estaba en la estantería volvió a sonar algunas veces. Cuando ella lo atendía, sin embargo, sólo escuchaba el silencio. No había ninguna voz, ningún ruido, ninguna señal o pista de quién podría ser, tampoco del lugar donde la persona estaba. Si fuese Carla, ya habría descargado toda la ira e indignación sobre su cabeza. El autor de las extrañas llamadas telefónicas podría ser Cristián, que había desaparecido de repente, pero la chica no conseguía entender qué motivo lo llevaba a actuar de aquella manera.

A pesar de estar intrigada y un poco incómoda con la situación, Giovanna buscaba no preocuparse mucho. Quienquiera que fuese, tarde o temprano acabaría manifestándose. No había razón para estresarse antes del tiempo.

Llegó finalmente el fin del dinero que Claudio ganó en el juego, además del que pertenecía a Adriano. Después de muchas fiestas, orgías, desacuerdos y otros acontecimientos buenos y malos, él estaba de vuelta. Todas las mujeres y todas las emociones que le han mantenido vivo en los últimos tiempos se quedaban atrás. Incluso si muy poco volvía con él, todo había valido la pena. Tal vez aquellos momentos no quedarían para siempre en su memoria, pues luego vendrían nuevas aventuras y en ellas habría más mujeres, más sexo, más placer, más confusión.

Otra vez en la vieja casa de madera ubicada en la periferia, él recomenzaría en breve su vida normal. Después de todo, las miserables monedas que quedan en los bolsillos no serían suficientes para una larga supervivencia. Por el contrario, él necesitaba arreglar su vida con urgencia. La primera víctima de su incredulidad sería la persona que constantemente era obligada a aguantarlo y a ayudarlo.

Después de escuchar varias veces el sonido insistente del timbre, Giovanna abrió la puerta del apartamento sin mirar al ojo mágico. Aterrorizada, ella se deparó con una persona que no tenía ninguna intención de tener otro relacionamiento. La joven intentó inútilmente cerrar la puerta para evitar que el hombre entrase. Vencida, sin embargo, por la fuerza impuesta por él, ni siquiera sería posible evitar la entrada.

No había manera. Todo estaba por comenzar nuevamente: las estafas, los golpes, los problemas - quizás también el placer. La llegada inesperada de Claudio no era, sin embargo, de todo malo. Él sabía hacerla sentirse deseada como nadie, y Giovanna bien que necesitaba de cariño y de sexo en aquel momento.

La sonrisa sarcástica del recién llegado iluminó sus ojos así que él golpeó ruidosamente la puerta a la espalda. A pesar de la renuencia, Giovanna sería su otra vez, era solo cuestión de tiempo - poco tiempo. Todo lo que él tenía que hacer era esperar a que pasase el susto y la irritación. El ex novio se alegró mucho al saber que la molestaba y que ella no conseguía librarse de sus garras. Consciente del dominio que ejercía, él podría tenerla siempre que quisiese.

- ¿Me extrañaste, cariño? – él preguntó con la ironía de siempre, entonces puso en el suelo una bolsa de supermercado que traía en las manos, entonces cerró la puerta con la llave.

- ¿Qué tú estás haciendo aquí? ¡Pensé que nunca te volvería a ver en la vida!

- ¿Por qué toda esa agresividad, gatita? – él se burló otra vez, envolviendo a la chica frágil en sus enormes y robustos brazos. - ¿No estás alegre de volver a verme?

- ¡No estoy, no, y suéltame, por favor! - gritó ella mientras intentaba librarse de aquel abrazo. - Si tú no me sueltas, yo...

- ¿Yo qué? - preguntó el intruso que, después de algunos segundos más, ya empezaba a besarla con brutalidad.

Si tuviese tiempo para razonar, Giovanna se preguntaría por qué aún permitía que todo aquello sucediese. Ella incluso trataba de deshacerse de los besos no deseados - o parecía que lo intentaba. Pero lo que ella no conseguía realmente era evitar el intenso calor que comenzaba a apoderarse de todo el cuerpo.

Había sido igual todas las veces, desde el principio. Siempre que era agarrada por aquel hombre sin escrúpulos, la chica acababa cediendo a un impulso más fuerte que ella, un deseo irresistible de ser dominada. Había sido así desde la primera vez que, para su suerte o para su desgracia, ella había caído en aquellos brazos. De aquel instante en adelante, en el momento en que la niña de dieciocho años salía inocentemente del colegio en el cual estudiaba, ella jamás consiguió escapar de la tiranía de Claudio.

- ¿Tú ya no me quieres, Giovanna? - él preguntó después de otro largo y agitado beso en la boca.

- ¡No!

Sin embargo, ambos sabían que la respuesta negativa no era cierta. Pidiéndole que la dejase en paz, la rubia deseaba que Claudio continuase agarrándola, tocándola, besándola. Solo algunos instantes más separarían a la pareja de la vieja y conocida cama, lugar donde Giovanna había sido amada y maltratada por aquel hombre rudo y posesivo. Apenas un minuto después, ella ya era arrastrada brutal y gentilmente hacia el cuarto, dejando de oponerse a un sentimiento contra el cual no tenía ni siquiera fuerzas para luchar.

Después de ser lanzada en la cama blanda, la chica cerró los ojos y esperó el resultado de la escena. Sin embargo, la tensión que ella sentía hacía grande la voluntad de ver al ex novio otra vez en acción. La chica abrió los ojos y vio a un hombre fuerte luchar contra el tiempo y contra las ropas, que eran impetuosamente arrojadas lejos. Todo lo que ella tenía que hacer era esperar el momento de ser poseída de nuevo después de tanto tiempo.

Todo volvía a ser como antes. Sin sentir más la posibilidad de ser amada por Adriano, ahora Giovanna podría volver a ser exclusividad de Claudio. Era en momentos así que ella aburría el motivo que la unía al hombre que ahora la devoraba con besos brutales, con movimientos bruscos y con un palabrerío un tanto censurable.

No era la deshonestidad lo que la mantenía esclavizada a él, sino su atrevimiento. Por más que amase a Adriano y por mejor que hubiesen sido todos sus encuentros, sus besos y su forma de hacer el amor, jamás aquel hombre sensible y gentil dejaría a la joven literalmente devastada y satisfecha como Claudio conseguía hacer. Eran atracciones extremadamente diferentes, sentimientos completamente opuestos. El cuarto fue una vez más escenario del sexo voraz que ocurría sobre la cama ruidosa.

Como siempre, el revólver de Claudio, compañero de tantas aventuras, descansaba tranquilo sobre las ropas dejadas al lado de la cama. Si fuese necesario, un movimiento más rápido lo llevaría a sus manos. El dedo firme ciertamente no tendría miedo en apretar el gatillo y quitar la vida de otro inocente o de quien se pusiese en su camino.

Después de sentirse mujer nuevamente y de dormir sintiendo el calor de un hombre, Giovanna despertaba en un sobresalto tras otro de sus incontables pesadillas. Abriendo los ojos, ella se vio desnuda, acostada al lado de Claudio. No había sido pesadilla esta vez, sino realidad. Ellos incluso habían hecho el amor - esto si el acontecimiento pudiese ser considerado como tal. El regreso del ex novio, sin embargo, no había sido del todo malo. Ahora ella se sentía ligera, tranquila y, de cierta manera, feliz.

Satisfecho con el hecho de que la joven no conseguía olvidarlo, Claudio esbozó su tradicional sonrisa sarcástica al verla despertar. Una rociada de humo entró por las fosas nasales de Giovanna, lo que la hizo enojar. Sin embargo, a pesar de que odiaba el cigarrillo de otras personas, ella fumaba esporádicamente.

Callada, la rubia observaba al hombre acostado a su lado. La fascinación que ella aún sentía era tan profunda que llegó a traicionar la confianza del hombre que tanto había amado y que ahora estaba muerto. De todos modos, ella estaba contenta de haber hecho el amor. Dependiente del sexo, la chica jamás había estado tanto tiempo lejos de un hombre. Aquel encuentro inesperado le había hecho mucho bien.

- ¿Qué tú viniste a hacer otra vez, Claudio? - ella susurró al extender la mano para coger el cigarrillo. - ¿Ya no basta con todo lo que pasó?

Giovanna ahora hablaba en voz baja, casi susurrando. Sus palabras sonaban como una rendición, ya que ella ni siquiera tenía fuerzas para luchar contra el ex novio. Apoyándose la cabeza en el pecho musculoso de Claudio, ella dejaba transparentar toda la carencia que la dominaba en los últimos tiempos, además de toda la atracción que sentía por él. El odio dividía el espacio con la fascinación.

- Yo estaba sintiendo tu falta... - él respondió con una sonrisa falsa, ya bien conocida de la chica que soltaba lentamente el humo al otro lado de la cama. – Tú sabes que yo no puedo resistir a tus besos locos, a tu cuerpo delicioso...

- Se acabó el dinero que robaste de Adriano, ¿no? - ahora era Giovanna quien ironizaba, pecado que ella cometía pocas veces.

- Sí, cariño, se acabó – él confesó sin demostrar la menor vergüenza por todo lo que había provocado en el pasado. - Y ahora estoy listo para buscar más...

Giovanna sintió un escalofrío apoderarse del cuerpo. La declaración de Claudio y su reaparición inesperada sólo podrían significar una cosa: ella estaría nuevamente envuelta en algún golpe. Cansada de todo lo que estaba obligada a hacer, la rubia necesitaba poner fin a aquella historia. Sin embargo, ella no tenía ni idea de qué decir o hacer para evitarlo.

- ¿Cómo está nuestra viuda favorita?

La chica no respondió nada, sólo fingió que no había entendido la pregunta. Al devolver el resto del cigarrillo después de haber fumado prácticamente todo, ella intentaba imaginar lo que Claudio estaría tramando. ¿Intentaría él robar a la viuda de Adriano? ¿Qué tendría Carla de tan valioso, ya que él había llevado mucho del dinero que pertenecía a aquella familia ahora deshecha por la codicia de una persona y por la sumisión de otra?

- He estado pensando mucho en ella los últimos días... - él continuó después de fumar el resto del cigarrillo y apagarlo en el suelo sin que la chica se diese cuenta. - Creo que la buscaré pronto.

- ¿Tú estás loco, Claudio? ¿Qué quieres con ella ahora?

Indignada, Giovanna saltó de la cama, cogió una toalla que estaba tirada encima de un baúl de madera y salió del cuarto. Enseguida, ella fue a tomar una ducha para quitar el olor que aquel hombre malo había dejado impregnado dentro y fuera de su cuerpo. Al entrar en el baño, ella no puede dejar de oír una risa sonora. Por lo visto, Claudio no había cambiado en nada y ni siquiera un asesinato más hacía que se convirtiese en un hombre normal.

Giovanna no esperaba que se transformase en un caballero, ni que le diese un ramo de flores – como Adriano llevaba varias veces y Cristián nunca había recordado hacer. Sin embargo, él al menos podría dejar atrás aquel pasado malo e intentar conseguir un trabajo decente. Claudio no sería capaz de hacer más que esto mismo.

El baño caliente liberaba un denso vapor, que fácilmente se extendía por el pequeño cómodo. Giovanna deseaba que el vapor la aislase definitivamente del hombre que acababa de poseerla, pero sus manos, mientras pasaban el jabón perfumado, indicaban lo contrario. Ella se esforzó para no llamar a su ex novio bajo el agua y continuar lo que la pareja había hecho en la habitación.

Distraída, ella hacía que el jabón se deslizase por su cuerpo. El hecho de no saber cuánto tiempo estuvo bajo la ducha no le importaba en absoluto. Allí ella se sentía un poco libre de Claudio, a pesar de toda la dependencia de su cuerpo. Mientras tomaba su baño, parecía hasta que él no existía, que había quedado en el pasado. Su cuerpo, sin embargo, pedía que volviese a la habitación y tirarse encima de él otra vez. Giovanna tuvo que ser fuerte para no ceder a los llamamientos insistentes.

Inmóvil por algunos segundos, ella comenzaba a recordar los muchos baños tomados en compañía de Adriano. ¿Cuántas sonrisas, cuántas bromas, cuántos besos, cuánto sexo había presenciado aquel local? Sin tener como olvidarse de quien tanto amó, la chica comenzó a escribir el nombre del amante en el vidrio borroso del box. Tan pronto como terminaba de escribir una letra, sin embargo, el vapor comenzaba a borrar la anterior. ¿Por qué todo tenía que ser de aquella manera? ¿Adriano no podría quedarse más con ella ni siquiera a través del nombre escrito en el vidrio?

El teléfono sonó en la sala y el sonido estridente se extendió por el pequeño apartamento. Mientras Giovanna despertaba de sus pensamientos, Claudio despertaba irritado de su sueño relajante. Ella no se dispuso a salir de la ducha para atenderlo, incluso porque no podría ser nadie lo suficientemente interesante como para sacarla del baño caliente y reconfortante. Tal vez fuese Cristián, que se mantenía alejado por varios días, pero ella no lo extrañaba, especialmente después de haber tenido sexo con el ex novio. No valía la pena enfrentar el frío de la estación. Mejor era continuar bajo el agua caliente.

Claudio, que no conseguiría dormir después de haber sido despertado, decidió levantarse, pero el teléfono dejó de sonar enseguida. Girando hacia el otro lado y acomodándose en la cama de Giovanna, él intentaría en vano dormir otra vez. Así que cerró los ojos, el aparato volvió a sonar. Irritado, él resolvió atender pronto, entonces podría retornar a la comodidad y al calor de la cama.

Envuelto en una manta, el hombre desnudo caminó hacia la sala y contestó el teléfono, pero nadie respondió. Él esperó un poco más y, como nadie del otro lado de la línea hablaba, colgó con fuerza y regresó al cuarto. El aparato aún tocaría dos veces más, pero no lo sacaría de la cama otra vez.

Giovanna regresó a la habitación algún tiempo después y se detuvo en la puerta para observar a aquel hombre grande tendido en la cama que casi no era deshecha cuando ella dormía sola. Sin embargo, cuando tenía sexo con alguien, la situación no era muy diferente de aquella.

- Hummmm, pero qué buen perfume... - Claudio habló cuando la vio. Y, cuando ella se quitó la toalla para vestirse, él continuó: - Qué cosa más deliciosa que tú eres, gatita.

- Tú debes haber salido con muchas chicas deliciosas en todo ese tiempo, yo tengo certeza - ella habló sin dar mucha importancia a aquellas palabras. - ¿Quién telefoneó?

- No lo sé, verá que era su queridito...

- ¿Qué queridito?

- ¿Cómo voy a saberlo? El tipo no dijo nada, entonces yo colgué.

Mientras vestía una túnica acolchada para escapar de la temperatura baja, Giovanna recordó que el teléfono había sonado muchas veces en los últimos días. ¿Qué estaría pasando? ¿Por qué alguien estaría actuando de aquella manera? Uno de los principales sospechosos, Claudio, estaba ahora descartado, ya que se encontraba en el apartamento en aquel momento.

Haciendo parecer que estaba en los viejos tiempos, la chica fue a la cocina y preparó una cena. Por más que lo intentase, ella no conseguía dejar de entregarse a aquel hombre duro. Ella adoraba a Claudio como si aún fuese su noviecita, como si aún fuese una adolescente descubriendo la pasión y el placer. A pesar de que el corazón continuaba tan desgarrado como antes, su cuerpo tenía ansias de vivir.

Una comida sencilla ganó aires de elegancia con el buen orden de la mesa redonda que quedaba en la cocina. Las servilletas blancas de tela descansaban junto a platos octagonales del mismo color. Cubiertos de plata, regalos dados por Adriano en la vuelta de un viaje de negocios, esperaban en silencio el momento en que serían utilizados para saborear la comida preparada con cariño – pero para otro hombre.

Dos copas aguardaban el instante del brindis por un motivo cualquiera, que bien podría ser el reinicio de una relación generalmente perturbada, pero llena de vida y de experiencias calientes. Un candelabro, sobre el cual temblaban las llamas de tres velas, completaba el clima romántico preparado por la rubia para agradar al ex novio. En aquel instante, Adriano parecía nunca haber existido. El odio que ella muchas veces alimentaba por Claudio también no.

Sorprendiendo a la cocinera esporádica, el caballero ocasional tiró de la silla para que ella se sentase. Sin embargo, los gestos nobles eran raros en aquel hombre inculto. Para completar, tan pronto como la chica se sentó, él se agachó y le dio un beso en la boca.

- ¿Por qué tú me haces esto? - preguntó Giovanna con una voz suave, que reflejaba toda la dependencia que tenía por Claudio.

- ¿Eso qué?

Ella permaneció callada, ya que no serviría de nada explicar. La insensibilidad del hombre que ahora comenzaba a llenar las dos copas con el vino comprado en un supermercado, y que luego comenzaría a saborear la comida tan caliente cuanto quien la preparó, impedía a la chica confesar lo que sentía. Mejor guardarlo para sí y no exponer sentimientos que ni siquiera ella entendía completamente.

- Nosotros tenemos algunos problemas... - comentó Giovanna, ahora mostrando preocupación. - El comisario que investiga el caso descubrió algo sobre mí. Él no dicho nada sobre ti, creo que piensa que estoy involucrada con otra persona.

- ¿Cuál es el nombre de él?

- Cristián.

- Entonces tenemos que borrar ese tal de Cristián...

- ¡No! No más muertes, por favor...

- ¿Qué tú quieres, chica? ¿Pasar toda la vida en la cárcel?

Giovanna se calló por un instante mientras decidía si contaría que estaba casi involucrándose con el comisario. Ella se sentía avergonzada por confesar que la intención de la relación era encubrir su culpa, aunque aquella no sería la única actitud condenable de su vida. Había muchas más y el hombre sentado enfrente era el responsable por prácticamente todas ellas.

- Quizás yo pueda arreglar eso - ella respondió después de tragarse la comida - y aprobarla, ya que estaba a su gusto.

- Oh, la mujer fatal ataca de nuevo - ironizó Claudio, hablando en voz alta y después dando una carcajada. - ¿A cuántos hombres más tú llevarás a la cama a cambio de alguna ventaja?

- No sucedió nada entre nosotros - ella respondió por sentirse indignada con el comentario, al mismo tiempo en que sentiría vergüenza si revelase que sólo no tuve relaciones sexuales con Cristián por él haber rehusado.

- ¡No seas ingenua, Giovanna! ¡Sólo hay una salida para un problema de eses y tú sabes muy bien cual es!

El asunto terminó, aunque la chica continuaba pensando en aquella propuesta. Conociendo muy bien la vida del hombre que cenaba abundantemente enfrente y sabiendo de las muertes que lo acompañaban, ella temía que más sangre fuese derramada. Cristián era una persona honesta y trabajadora y no hacía daño a nadie. Él era hasta caballero, aunque nunca le hubiese dado flores. Y lo más importante, él incluso estaba dejando la investigación por su culpa.

Claudio también se quedó pensando en el asunto. El hecho de que el comisario aún no desconfiase de él no lo dejaba más tranquilo, ya que podría ser sólo cuestión de tiempo. La solución a los problemas del dúo era, mismo, silenciarlo. Como no solía contar con la suerte, él prefería siempre hacer que las cosas sucediesen.

- ¿Cuáles son los otros problemas? - él preguntó después de tomar un largo sorbo del vino tinto, del cual existían otras dos botellas en el armario de la cocina.

- Yo no tengo más dinero para mantenerme. Estoy pensando seriamente en conseguir un empleo.

- ¿Empleo? – él emitió otra carcajada sonora. - ¿Qué tú sabes hacer, Giovanna? Sólo si...

Claudio no completó la frase por estar más interesado en saciar el hambre, pero no era necesario. Giovanna sólo sabía hacer una sola cosa - y muy bien. Sin embargo, ella aún no había llegado al fondo del pozo y no se sometería a tanto.

- Tiene que haber algo que yo pueda hacer - ella habló mientras pasaba el dedo por el borde de la copa casi vacía. – Yo puedo aprender un servicio. Tú sabes que yo trabajaba en una farmacia.

La pareja dejó de conversar para terminar la cena deliciosa, a pesar de no ser más que una comida normal. El vino llevado por Claudio también estaba bueno, además de ayudar a calentar un poco la temperatura baja de aquella noche lluviosa de invierno. De vez en cuando, un poco de viento entraba por la ventana, que no estaba lejos de la mesa en la que ellos cenaban, haciendo temblar las llamas de las velas.

- Yo te necesito, gatita.

Temiendo por lo que estaba por venir, la joven no respondió. Conociéndolo a fondo, ella estaba segura de que él intentaría envolverla en otra de sus trampas, en otro de sus planes no siempre brillantes.

- ¿Qué tú quieres decir con eso?

- He estado pensando en la vida, en estos últimos días, desde que llegué del viaje... - Giovanna no lo sabía, pero Claudio quería decir que sólo había pensado después de regresar de las óptimas y divertidas vacaciones. - Creo que me estoy quedando viejo, tal vez sea hora de echar el ancla... de crear raíces...

- Confieso que no entiendo a dónde tú quieres llegar.

- Creo que es la hora de casarme.

- Casarte?

Feliz de repente, Giovanna nunca pensó que tal día llegaría. Allí estaba una cosa que nunca había pasado por su cabeza. Ella soltó momentáneamente el tenedor sobre el plato, entonces tomó el resto de vino que había en la copa.

La chica ya se había imaginado en el altar, colocando el anillo en el dedo de un hombre, diciendo conmovida el tradicional "sí", siendo besada en la boca tan pronto como el padre los declarase casados. Ése era el sueño de casi todas las mujeres - y Giovanna no huiría de la regla. Algún tiempo más tarde, vendrían los hijos - y a ella le encantaría ser madre. Entonces, vendrían las preocupaciones, pero las alegrías y los placeres continuarían.

- Yo... - ella tartamudeó después de absorber finalmente las últimas palabras habladas por el hombre sentado frente a ella. - No sé si estoy preparada para eso...

- Nosotros tenemos que encontrar una manera de volver a la mansión - habló Claudio sin entender y sin importarle lo que Giovanna quería decir con palabras que no se encajaban en el contexto de su conversación.

- Yo no te entiendo...

- Si tú me ayudas a acercarme a la viuda, nosotros podremos tener varias ventajas - él sonrió con sarcasmo, después continuó: - Podrías salir de la crisis financiera inmediatamente.

- Yo no quiero saber más de tus porquerías, Claudio. Quiero conseguir un empleo honesto, tener mi propio dinero.

- ¿Tú crees que conseguirás trabajar, Giovanna? ¿De verdad crees que vas a conseguir un trabajo decente, donde tu jefe no va a querer contratarte sólo para llevarte a la cama?

Aquel era el Claudio grosero que la chica conocía – y también sentía mucha atracción física. Ella no entendía por qué él había cambiado la conversación. Antes, él estaba hablando de matrimonio, entonces luego empezó a hablar de volver a la mansión, de trabajo, de posibles problemas de relacionamiento con su futuro jefe. Tal vez el vino estuviese empezando a afectar su cerebro e impidiese que ella continuase su razonamiento.

- ¿De cuánto crees que era el seguro de vida de Adriano? - continuó él, que ahora hablaba sin tragarse toda la comida llevada a la boca.

Otro asunto... todo aquello era demasiado para la cabeza de Giovanna, que cada vez entendía menos. Parecía que su ex novio había sido afectado por el poco alcohol contenido en el vino, aunque la mayor probabilidad fuese exactamente lo contrario.

- ¿De qué tú estás hablando?

- ¿Tú eres tonta, niña? - Claudio soltó el tenedor y el cuchillo sobre el plato y perdió la calma, cosa corriente en su comportamiento. - Quiero acercarme a la viuda de tu amorcito antes de que otro sabelotodo meta la mano en aquel dinero, ¿entiendes ahora?

- Quieres decir que tú planeas casarte con la...

Giovanna no se atrevió a completar la frase, o Claudio ciertamente soltaría otra de sus estruendosas e irritantes risas. "Qué idiota soy yo"... - pensó ella - "Me imaginé que él quería casarse conmigo"...

La desilusión se apoderó de la rubia, aunque ella misma no entendiese los motivos. Hace algunos meses, perdidamente enamorada de Adriano, ella sólo pensaba en tenerlo cerca, en desaparecer de aquella ciudad de hierro y de hormigón, en rehacer su vida - casándose o no - con el hombre amado. Ahora, después de haber ayudado a quitarle la vida de su amante, la chica estaba decepcionada porque un antiguo novio quería casarse con otra mujer, no con ella.

Por más absurdo que pudiese parecer, aquel asunto acabó con la cena y también con el romanticismo. Giovanna se levantó de la silla y fue a la ventana de la cocina, desde donde podría ver la lluvia insistente. Las gotas en el exterior se confundían con las lágrimas que comenzaban a aparecer en sus ojos. Para su suerte, Claudio continuaba más interesado en la comida que quedaba en el plato, que en ella. Era mejor mismo que aquel hombre perverso no la viese llorando.

Escondiendo el rostro con los cabellos rubios, ella pasó rápidamente por la mesa y fue a la sala. El tradicional whisky volvió al vaso, que enseguida regresó a la boca sedienta. Acostada en el sofá como siempre hacía, ella consumió buena parte de la vieja y compañera bebida amarga. Algún tiempo después, la chica se quedó dormida allá mismo.

Después de terminar la cena, Claudio continuó bebiendo el vino que aún había en la primera de las tres botellas. Tal vez él tuviese que abrir la siguiente mientras pensaba en un plan para acercarse a Carla y quedarse con ella, con su dinero e incluso con los bienes de la pareja disuelta por su culpa. Sin embargo, ni él abrió otra botella y ni la chica se levantó del sofá.

El día comenzó frío como todos los demás, aunque la lluvia hubiese cesado. El amanecer frío no atenuó, sin embargo, el dolor de cabeza y de cuello que Giovanna sentía. La cabeza dolía por la alta dosis de alcohol ingerida la noche anterior y, especialmente, por los asuntos abordados por Claudio. Su cuello estaba dolorido por ella no dormir en la cama.

Al levantarse, la chica no se recordaba bien de lo que había ocurrido la noche anterior. Sentándose en el sofá, ella llevó las manos a la cabeza e intentó recordar algo, al mismo tiempo que intentó aliviar el dolor. Sólo entonces ella recordó que Claudio había cenado en el apartamento, además de degustarla como postre, y que él había comentado algo sobre matrimonio, después ella salió decepcionada de la mesa.

Poco después, ella buscó al ex novio, pero no lo encontró. Él debería haberse ido muy temprano, probablemente sin hacer ruido, o tal vez ni siquiera había dormido en el apartamento. Sin embargo, aquellas cosas no importaban mucho.

El timbre de la puerta sonó poco después y Giovanna imaginó que era él, ya que no debería tener más las copias de las llaves del apartamento. Al mirar a través del ojo mágico, sin embargo, ella vio que estaba equivocada.

Quien iba a visitarla era Cristián, que no mandaba noticias hace varios días. Sin saber si debería o no permitir su entrada, ya que Claudio sería capaz de tomar su vida allí mismo, caso supiese que él era el comisario que descubrió su participación en el caso, ella dudó antes de abrir la puerta.

- Yo sólo vine a ver cómo tú estabas - explicó el recién llegado en cuanto se sentaba en el sofá sin mismo ser invitado. Con una sonrisa tímida en los labios, él continuó: - Yo estaba sintiendo tu falta...

Le dolió mucho al comisario decir aquellas palabras, pero también le dolió a Giovanna tener que escucharlas. Ella se sentía mal por mentir, por intentar envolverlo con sus besos e, incluso, con su cuerpo. La chica ya había hecho cosas similares cuando cumplía las órdenes de Claudio.

Esta vez, sin embargo, todo era diferente. En primer lugar, su ex novio no había mandado hacer tal cosa. En segundo, Cristián no merecía ser tratado de aquella manera. Él era una persona necesitada, sola, que sólo buscaba una oportunidad de ser feliz. Mirando a aquel hombre sencillo y sincero, la rubia percibió que lo admiraba mucho y que simpatizaba con él.

- Yo estoy bien. Y tú, Cristián, ¿cómo estás?

- Viviendo la vida de la forma en que funciona – él habló sin sonreír. – Yo me preguntaba si podríamos salir algún día. Podríamos reírnos más en el cine, cenar o hacer otra cosa...

- ¡Por supuesto que sí! Me encantaría salir contigo otra vez.

La respuesta fue espontánea y verdadera, pero Giovanna inmediatamente se recordó de Claudio, ya que las cosas se complicarían mucho si él los viese juntos. Ella pensó una salida momentánea y después vería qué hacer para evitar más confusiones y problemas.

- ¿Qué te parece si arreglamos un encuentro para la próxima semana? - ella preguntó sin saber con certeza si podría cumplir la promesa. - ¿El miércoles está bien?

- ¡Es genial! Voy a esperar ansiosamente ese día.

- Qué bueno.

- Yo vine aquí también para decir que salí del caso. O, mejor dicho, me hicieron salir...

- ¿Qué ha pasado?

- Nada. Yo necesitaba mucho verte en persona, Giovanna, así que ni siquiera te llamé antes de venir.

Mismo sin que Giovanna hablase alguna frase semejante, Cristián ahora estaba un poco más calmo y su sonrisa se transformaba en algo menos intranquilo. Ignorando que un rival quizás más fuerte que el hombre muerto había resurgido - y tal vez hasta intentase matarlo, él no tendría prisa, no intentaría forzar nada, sólo deseaba acercarse a ella poco a poco. Así sería más natural, él no se sentiría un objeto.

Giovanna se dio cuenta con satisfacción de que la sugerencia del encuentro hizo bien a Cristián y se alegró por hacerlo feliz. Sin embargo, ella difícilmente podría continuar con aquella relación. Aunque desease, en el máximo, una amistad, Claudio no permitiría que nada sucediese.

Antes de la despedida entre el comisario y la principal sospechosa de asesinato de Adriano, un pequeño beso en la boca salió automáticamente. A diferencia de los demás, aquel no tenía ningún interés oscuro, pero servía para demostrar el cariño que ella sentía por una persona muy especial.

Sonrisas felices y tranquilas surgieron en los labios de las dos personas sentadas en el sofá. Sus labios se unieron nuevamente en otro beso, que fue un poco más duradero que el anterior. Sin embargo, los sentimientos de los dos eran bastante diferentes.

- Entonces te llamo el miércoles - habló Cristián mientras pasaba cariñosamente la mano en el rostro de Giovanna. - ¿Puede ser así?

- Sí. Yo esperaré tu llamada.

El comisario se levantó enseguida y se despidió de la chica al llegar a la puerta del apartamento. Aún sin mucho valor para tomar la iniciativa de besarla en la boca, él comenzó a caminar mientras sonreía de forma apasionada.

Giovanna devolvió la sonrisa, cuyo significado era tan solo cariño y amistad. Ella no quería más engañarlo, solo deseaba ser su amiga, una amiga incondicional para todas las horas. Cristián merecía. Pero, para que esto pudiese hacerse realidad, ella necesitaba librarse definitivamente de Claudio, y no podría tardar.

La puerta del ascensor se abrió y se llevó consigo a un hombre perturbado, enamorado y un poco más feliz. Aunque breve, la conversación le permitiría volver a desempeñar bien sus funciones. A pesar de ya no ser el responsable de aquel caso, otros crímenes estaban a la espera de una solución.

El trayecto desde el apartamento de Giovanna a la comisaría fue muy feliz y parecía haber flores plantadas alrededor de todas las calles por donde pasaba el comisario soñador. Sonaban campanas, los ángeles volaban delante de él. A pesar de no tener muchas esperanzas de que el cortejo con aquella chica pudiese funcionar, él se rendía definitivamente a los sentimientos. Lo que la pasión no hacía con un hombre...

Tan pronto como llegó a su lugar de trabajo, el teléfono de la mesa del comisario sonó. Una persona decía tener una prueba importante relacionada con el caso de Adriano y quería se encontrar con él aquella misma noche. Obstinado en descubrir el asesino, Cristián no percibió la peculiaridad de la voz que venía del otro lado de la línea. El encuentro fue confirmado para las veintiuna horas en un estacionamiento de un shopping que estaba cerca del centro.

El comisario no avisó al desconocido que ya no era responsable del caso, ya que una prueba contundente podría cambiar el rumbo de las investigaciones. Su interés en el asunto era todavía grande, sobre todo porque quería tratar de exonerar a Giovanna de alguna manera, si fuese posible.

Después de dejar finalmente el teléfono, ya que la llamada había sido cerrada hace un minuto, él pasó el resto del tiempo pensando en el encuentro y preguntándose quién sería la persona que había llamado - y que no quería identificarse.

Cristián intentaba imaginar qué prueba él tendría y cómo había sido conseguida. ¿Quién sería incriminado? ¿Marcos? ¿Giovanna? Las más variadas preguntas y dudas agudizaban su curiosidad y hacían que los minutos no pasasen. El misterioso encuentro no le permitía ni siquiera concentrarse en el trabajo. Sería difícil aguantar hasta el momento de finalmente poner las manos en la anunciada prueba.

Giovanna decidió visitar nuevamente la tumba de Adriano después de un breve almuerzo. Aun amando el hombre que estaba enterrado en aquel lugar, ni ella entendía cómo había conseguido estar lejos por tanto tiempo. Sin tener más noticias de Claudio, ella no tendría que dar explicaciones de adónde iba y, especialmente, hablar sobre sus motivos.

Tan pronto como bajó del taxi, la chica compró flores en una floristería cerca del cementerio, pero se detuvo frente al pesado portón de hierro como si alguna cosa le impidiese entrar - o tal vez aquella fuerza intentase evitar que ella saliese, encerrándola en aquel lugar para siempre.

La chica entró después de vencer lo que no comprendía, entonces caminó lentamente hacia el lugar donde el cuerpo del amante estaba enterrado. Ella también necesitaba actuar con cautela para evitar ser vista por alguien que la conocía. Además de Cristián, que la había asustado la última vez, la chica podría incluso toparse con la viuda de Adriano.

El lugar que asustaba a muchas personas, pero, al mismo tiempo, transmitía una paz muy grande, hizo que ella experimentase los dos sentimientos al mismo tiempo. Después de hacer una pequeña oración, de la cual no se recordaba con exactitud de todas las palabras, la chica colocó las flores sobre la lápida, entonces arregló cariñosamente algunos vasos que habían caído probablemente debido al viento fuerte que generalmente soplaba.

De pie, frente al túmulo que vio abierto, pero no ser sellado, ella miraba distraídamente la inscripción en la lápida, cuyas letras en metal mostraban el nombre del hombre que aún hacía mucha falta. Perdida en mil pensamientos, su voluntad era sumergirse bajo la tierra y besar otra vez los labios de Adriano, aunque estuviesen helados. El dolor por causa de la pérdida aún era intenso y, por haber sido responsable, provocaba mucho remordimiento.

Los ojos de Giovanna se elevaron y se perdieron en la inmensidad del horizonte. Desde lo alto de la colina en la que se situaba el cementerio, ella conseguía sentir el silencio de los barrios residenciales donde predominaban ciertamente hogares felices y llenos de vida. Le dolía mucho no hacer parte de una de aquellas familias privilegiadas, que siempre tenían alguien con quien hablar, salir o divertirse.

Si ella no hubiese ayudado a provocar la muerte de Adriano, pronto podría huir del país y vivir con él en alguno de los diversos lugares que la pareja de amantes siempre conversaba y soñaba. De esta manera, ella también podría tener una familia como las familias normales que existían en todo el lugar.

La niña hizo otra breve oración en homenaje al fallecido, aunque las frases tradicionales continuasen huyendo de la memoria. Con sus propias palabras, sin embargo, ella pidió que los cielos cuidasen el alma del hombre que ella aún amaba fervientemente.

Sin saberlo, ella estaba siendo observada a distancia. Tumbas y mausoleos discretos o monumentales, decorados con ángeles y cruces de mármol o simplemente con flores naturales o de plástico podrían esconder personas, fantasmas, almas, entidades. Ignorando completamente lo que estaba sucediendo, alguien la espiaba sin moverse. Así como sucedía con la chica, su mirada también estaba perdida en el tiempo y su pensamiento también viajaba por épocas remotas, felices, llenas de vida - y que parecían no tener más vuelta.

A pesar de estar distraída, Giovanna percibió la presencia y, con un escalofrío recorriendo todo el cuerpo, movió los ojos en todas las direcciones. Las tumbas continuaban en silencio, inmóviles como permanecerían por toda la eternidad o hasta el momento en que alguien las profanase. Los ojos ahora temerarios y aprensivos exploraron los alrededores en busca de algo que instintivamente la molestaba, pero no conseguían distinguir.

Asustada, ella percibió finalmente que había alguien con una fisonomía seria y pálida por entre las tumbas, a la sombra de un pequeño árbol. El rostro, escondido parcialmente bajo un sombrero negro, desapareció tan pronto como fue visto. Era como si se hubiese desintegrado en el aire y sus partículas fuesen arrastradas por el viento que insistía en soplar en aquel cementerio vacío y aterrador.

Aunque atribuyese la siniestra aparición al familiar de alguna persona enterrada en las proximidades, la chica optó por no quedarse allí para comprobar la teoría. Aunque no consiguiese matar toda la nostalgia que sentía por su amante, ella ya había hecho algunas oraciones por su alma y lo había visitado. Lo importante ahora era salir de aquel lugar espeluznante lo más rápido posible.

Antes de despedirse de Adriano, Giovanna oyó pasos lentos provenientes de la misma dirección de donde ella tenía la impresión de haber visto a alguien. Poco a poco, sin embargo, las pasadas se volvían poco más pesadas, más ruidosas. Aprensiva, ella giró los ojos inmediatamente hacia aquel lugar y notó un rostro de cierta forma familiar.

Al principio sin reconocerlo, incluso porque el viento insistía en tirar los largos cabellos sobre los ojos, lo que dificultaba su visión, la chica percibió aterrorizada que el recién llegado se parecía con Adriano. ¿El fantasma del hombre al que ella había ayudado a tomar la vida regresaría para buscarla y vengar su muerte? Aterrorizada y pensando sólo en desaparecer, ella salió corriendo del cementerio. Aquel hombre siniestro podría ser un asesino, o un sepulturero, o un fantasma... o Adriano...

Tan pronto como se subió a un taxi, ella se prometió a sí misma que no regresaría a aquel cementerio tan pronto. Sus manos aún temblaban de miedo, estaban heladas tanto como debería estar el cuerpo de Adriano en aquel momento.

Al regresar al apartamento, la chica corrió hacia la cocina y tomó un calmante. Sin conseguir resistir y ni aguantar hasta que la pastilla surtiese efecto, ella apeló de nuevo al vaso de whisky. Esta vez, sin embargo, él llevaría mucho más de las dos dosis habituales.

Ella se sentó en el sofá y, sin conseguir mirar las fotografías que retrataban épocas de una unión feliz y placentera, comenzó un llanto angustiado. Aun temblando por causa del pavor que sintió en el cementerio, la chica tomó todo el contenido del vaso, que necesitó ser restablecido enseguida. Irónicamente, los cubitos de hielo fueron dispensados y el whisky terminó siendo como le gustaba a Adriano.

Giovanna se recordó de Cristián y decidió pedir su ayuda. Sin embargo, tan pronto como estiró el brazo para coger el teléfono, el aparato sonó. El ruido inesperado la dejó más asustada aún. El susto mayor, sin embargo, aún estaba por venir. Para su perplejidad, la voz que pronunciaba su nombre era bien conocida.

- Giovanna...

La chica permaneció callada mientras intentaba asimilar los acontecimientos de los últimos instantes, intentaba relacionar aquella voz un poco ronca con el rostro avistado en el cementerio. Ella estaba muy perturbada y no conseguía razonar bien. El pavor continuaba ocupando su cerebro y sus nervios.

- Giovanna... – habló nuevamente la voz. - Soy yo...

La chica soltó un estruendoso grito de pavor y colgó el teléfono. El fantasma de Adriano realmente la estaba persiguiendo y no la dejaría en paz hasta que no acabase con su vida de la misma manera que ella había ayudado a acabar con la suya. El llanto incontenible se reanudó, al mismo tiempo que el contenido del vaso terminó de nuevo.

El teléfono volvió a sonar algunos segundos después. Su sonido era estridente, aterrador, asustador. Giovanna no sabía si debería contestar o no. ¿Y si fuese aquel fantasma otra vez? Vacilando un poco, ella decidió enfrentar la situación.

La misma voz ronca repitió su nombre del mismo modo suave que lo hizo anteriormente, de la misma manera que su cerebro ya se había acostumbrado a escuchar en otras épocas. Soltando otro grito de pavor, ella lanzó el teléfono inalámbrico contra el sofá. Si hubiese caído al suelo, no quedaría mucho. Incluso con el golpe, el aparato permaneció con el botón encendido. Al otro lado de la línea, la misma voz pronunciaría una vez más el nombre de la chica aterrorizada.

Giovanna corrió a la habitación y cerró la puerta, arrojándose a la cama y cubriéndose la cabeza con la almohada. Perdida entre el efecto del alcohol y los turbulentos momentos a los que había sido sometida, tanto en el cementerio, cuanto en la sala, ella casi se sofocaba. El aire comenzó a escasear y sus nervios se calmaron poco a poco. Ella se quedó dormida algunos minutos después, cuando otra vez sería perturbada por los fantasmas y monstruos de sus pesadillas interminables. ¿Sería así hasta el final de su vida?

La noche llegó finalmente y Giovanna continuaba durmiendo, dopada por el alcohol y por el terror. Las pesadillas continuaban siendo pobladas por criaturas absurdas, que la perseguían implacablemente hasta que ella quedase acorralada. Su fin otra vez sería inevitable.

Al mismo tiempo, Cristián estaba a punto de reunirse con la persona que lo había llamado aquella mañana. Después de un largo día, él se fue a casa, tomó un baño y alimentó a su amiguito. Indiferente a todo lo que sucedía, Pececito nadaba tranquilo por las aguas del acuario y se agitó en el momento en que recibía comida. Después de colocar un poco más de ración, el comisario fue finalmente al encuentro de la persona que podría tener informaciones importantes para la solución de aquel caso complicado.

En el camino, él continuaba pensaba en cómo abordaría a Euclides, que sería interrogado al día siguiente - antes de que el nuevo responsable por el caso lo hiciese. Si pudiese sacar algún dato nuevo del forense, las cosas podrían cambiar de rumbo. Entonces, con un poco de suerte y de habilidad, el comisario intentaría exonerar a la mujer amada, así como pediría para ser incluido otra vez en el caso.

El vehículo entró en el aparcamiento cinco minutos antes de la hora prevista. Distraído hasta entonces, solo en aquel momento su dueño se dio cuenta de que era el mismo shopping del cine en el que él y Giovanna habían visto una película el otro día. El recuerdo le hizo esbozar una pequeña sonrisa, que luego se disipó en función de la ansiedad y del nerviosismo.

El comisario buscó el automóvil de color negro, según las instrucciones recibidas en el teléfono. El informante incógnito lo estaría esperando en los fondos del estacionamiento, bien lejos del mayor flujo de personas. Según el hombre que quería preservar la identidad, todo el cuidado era poco.

Cristián vio un vehículo en la débil iluminación del lugar y condujo hasta allá. Después de aparcar a aproximadamente diez metros de distancia, él miró cuidadosamente en todas las direcciones para ver si había alguien más aparte del hombre que estaba anclado en el automóvil oscuro. Pareciendo estar a salvo, el comisario salió lentamente. Por precaución, su arma estaba en la cintura, lista para ser usada, si necesario.

Vistiendo un abrigo negro, un hombre de buena estatura esperaba su llegada. Extendiendo la mano protegida por un guante de cuero, él saludó al comisario tan pronto como los dos estuvieron cerca. El desconocido se identificó como Manuel, dijo que conocía al asesino de Adriano y que la anunciada prueba era el arma del crimen, que aún contenía las huellas del asesino.

Ansioso por tomar el revolver que habría tomado la vida de Adriano y someterlo a varios exámenes, el comisario pidió verlo. El desconocido informó que estaba en la guantera de su vehículo, entonces fue allá. Muy cerca de poner las manos en el objeto que podría resolver aquel asesinato de una vez por todas, Cristián estaba excitado. Al darse cuenta de que el arma estaba envuelta en una toalla, él dedujo que no era borrar las huellas.

Al llegar cerca, Manuel abrió la toalla y permitió que el comisario la contemplase. Los ojos de Cristián casi brillaron en la oscuridad del estacionamiento, tal era la voluntad de tocar una prueba tan vital para el desarrollo de las investigaciones.

- Yo imagino que tú quieres bastante dinero por ese revolver.

- En la verdad, yo quiero algo muy valioso para ti... - Manuel habló mientras miraba fijamente los ojos del comisario.

- Yo no entiendo. ¿De qué tú estás hablando?

Manuel volvió los ojos hacia el revólver como si lo admirase profundamente. Enseguida, encaró nuevamente a Cristián. Sin mostrar ninguna piedad, él apuntó el arma hacia el comisario y disparó varias veces. El silenciador inhibió el ruido de los disparos, impidiendo que cualquier persona los escuchase.

Sin la más mínima posibilidad de defensa, Cristián dibujó un dolor mortal, entonces cayó de rodillas ante su agresor. Mirando a los ojos de la persona que acababa de disparar contra su pecho, él se derrumbó sobre el suelo oscuro del estacionamiento, que estaba cubierto por piedras sueltas. Era el fin de la vida del comisario, era el fin del amor que él alimentaba por Giovanna. Si nadie fuese a su apartamento con urgencia, tal vez ni siquiera su pez sobreviviría.

Poco después de los disparos certeros, un hombre salió del asiento trasero del vehículo utilizado por Manuel. Con un fajo de dinero en la mano izquierda, él se acercó al asesino y al hombre muerto. Temblando de miedo por el crimen ordenado, él pagó por los servicios prestados por el profesional.

- Lo siento mucho, doctor... - habló el recién llegado mientras miraba el cadáver tendido frente a él. Su voz temblaba y estaba llena de angustia y de tristeza. - Las cosas no tenían que ser así, pero no había otra manera de resolver el problema...

Después de un instante en silencio, en el cual el hombre amargamente arrepentido intentó justificar para sí mismo y quizás también al asesino aquel acto de salvajismo, él se inclinó ante el muerto.

Para hacer de cuenta que el asesinato no era más que un simple robo, la misma mano que antes pagaba por el servicio del asesino profesional comenzaba a hurgar en los bolsillos del comisario. También protegiendo las manos con guantes, él sacó la cartera, el arma y el reloj de Cristián, entonces colocó los objetos en los bolsillos de su chaqueta de lana. Sin dejar ningún rastro, asesino e mandante salieron impunemente la escena del crimen.

El vehículo negro salió rápidamente del estacionamiento del shopping e hizo que el polvo y las piedras levantadas por los neumáticos cubriesen la sangre caliente y roja que brotaba de forma abundante del pecho del comisario ahora sin vida.

Pasaba un poco de las veintidós horas de aquella misma noche cuando Claudio regresó al apartamento de Giovanna. Con una copia de la llave sacada de la bolsa de la propietaria, el hombre cabelludo y musculoso entró silenciosamente. Al pasar por la sala, él no dejó de notar el litro de whisky vacío, que estaba caído en la alfombra al lado de un vaso también sin ningún contenido.

No encontrando a la chica insegura en la sala y ni en la cocina, cuya luz permanecía encendida, él se dirigió al cuarto. Aún vestida, no habiéndose quitado ni siquiera los zapatos, ella seguía durmiendo.

- ¡Hola, amor! – él dijo arrodillándose al lado de la cama y pasando la mano fuerte por los cabellos de la rubia.

Despertando en un sobresalto, Giovanna gritó otra vez. Además de las pesadillas que la atormentaron desde la llegada del cementerio, el fantasma de Adriano parecía no haberla dejado en paz.

- ¡Cálmate, chica! - habló Claudio al asustarse con el grito. - ¿Qué pasó?

Aún muy confundida, ella prefirió no contar nada acerca de lo que había ocurrido en su visita a la tumba de Adriano y, principalmente, cuando alguien había telefoneado. Además, le dolía bastante la cabeza por los diversos tragos de whisky cowboy ingeridos y también por el terror vivido aquella tarde.

Ignorando la presencia del hombre que no necesitaba invitación para ir a fiestas o incluso para frecuentar aquel apartamento - o el cuerpo de su dueña, Giovanna cogió una túnica y se fue a tomar un baño. La noche fría ciertamente se veía más amena después de mucha agua caliente. Debajo de la ducha, ella procuró no pensar en nada de lo que había ocurrido. Usando el jabón casi que mecánicamente, la chica continuaba traumatizada a causa de aquellos acontecimientos extraños.

Al salir del largo baño, la sensualidad de la joven que escondía el cuerpo dentro de una ropa rosa llamó la atención de Claudio, que se revolvió en el sofá donde hojeaba una revista. Arrojándola lejos, el hombre de treinta y seis años hizo una señal para que la joven de veintitrés se acercase.

La sonrisa generalmente sarcástica fue reemplazada por una de la cual Giovanna generalmente no conseguía huir, cuyo significado era muy sugestivo. Como en otras tantas situaciones, ella no resistió al encantamiento que la mantenía ligada a aquel hombre rudo, pero encantador. Caminando hacia el sofá, ella dejó caer la ropa en el suelo, luego se sentó en su regazo.

Como en tantas otras oportunidades, un sexo salvaje sucedería en los próximos minutos sobre el sofá de tela marrón. A pesar del frío que hacía fuera del apartamento, la temperatura en su interior se volvía cada vez más caliente.

Después del placer, Giovanna otra vez fue a tomar un baño. Más tarde, ella prepararía la cena para la nueva pareja. Adriano ya no existía, excepto en sus pensamientos, entonces ella fingió estar casada con Claudio. Sin embargo, la chica pronto se dio cuenta de que su ex novio - o novio actual - había desaparecido de nuevo. Aquella no era la primera y mucho menos la última vez que él se comportaba así. La impresión que daba era que él sólo había ido a su apartamento por causa de sexo.

A pesar de haber perdido parte del hambre, ya que había matado a otro tipo hace media hora, la chica optó por hacer la cena que se había propuesto mientras tomaba el primero de los dos baños. Como Claudio no estaba más en el apartamento, ella fingiría que cenaría en compañía de otra persona. ¿Quién sabe si un fantasma la visitaría y le haría compañía en la mesa? De todos los modos, la chica sólo pondría un plato en la mesa. Después de todo, los fantasmas no necesitaban alimentarse.

Giovanna tomó la última botella de vino traída por Claudio, ya que él había tomado la segunda mientras planeaba la nueva embestida contra la mansión de Carla, entonces llenó una copa. Mientras la comida olorosa no estaba pronta, un sorbo y otro de aquella bebida oscura y con cuerpo daban un sabor especial a la noche que tenía todo para acabar fría y solitaria una vez más.

El timbre sonó tan pronto como la cena estuvo lista. Caminando hacia la puerta, aún con la copa de vino en la mano, ahora ella se arrepentía de no haber puesto dos platos en la mesa. Aun así, la chica estaba feliz de haberse equivocado, ya que Claudio debería estar regresando. Sin tener el hábito de mirar por el ojo mágico, ella abrió la puerta.

Horrorizada, Giovanna soltó la copa, que se partió al golpear el piso de cerámica de la sala. El poco vino que había en su interior se extendió rápidamente por el suelo como si fuese sangre brotando de un pecho al ser apuñalado con brutalidad. Al mismo tiempo, los fragmentos del vidrio delicado podrían amenazar a los pies descalzos que se atreviesen a enfrentarlos.

- Yo no quería asustarla viniendo de esta manera, sin avisar... - habló el recién llegado al esbozar una sonrisa que quizás sólo ella conocía.

Sin creer lo que estaba delante de los ojos saltones, Giovanna soltó otro grito de pavor, entonces corrió hacia el cuarto, cerrando la puerta con la llave. El llanto que ya se había vuelto rutinario se reanudó enseguida, pero ahora estaba acompañado de un escalofrío helado y de un temblor intenso en las manos y en las piernas. Dos minutos después de saltar en la cama, ella se dio cuenta de que alguien estaba forzando el pomo.

- ¡Vete! - gritó desesperadamente la chica. - ¡Déjame en paz!

Poco después, se hizo un silencio mórbido a ambos los lados de la puerta, cuando el único sonido que ella podría oír era el generado por el latido frenético de su propio corazón. Pasó un largo minuto sin que se oyese ningún otro ruido, por lo que la persona recién llegada golpeó la puerta.

- ¡Vete! - ella repitió más fuerte, como si la elevación de la voz pudiese librarla de algo.

- Giovanna... - habló finalmente la voz que venía del otro lado de la puerta, o quizás hasta de otro mundo. - Soy yo, mi amor...

La chica nada respondió, apenas escondió una vez más la cabeza debajo de la almohada y la apretó con todas las fuerzas de las que aún disponía. Al igual que un avestruz, ella intentaba falsamente creer que el peligro ya había terminado y que la tranquilidad volvía a reinar en el apartamento.

- Siento venir sin avisar, Giovanna, pero te llamé varias veces y tú no contestaste. Por favor, abra la puerta para que yo pueda explicar lo que pasó.

Al mismo tiempo, el terror y la felicidad comenzaban a disputar una guerra implacable en el cerebro de la joven demasiado aterrorizada. Si, por un lado, ella quería continuar con la cabeza escondida bajo la almohada por el resto de su vida o, al menos, hasta que el peligro pasase, por otro lado, su corazón imploraba que ella abriese la puerta y se lanzase en los brazos del hombre amado, de donde jamás debería haber salido.

Pasó un minuto más, después otro, y entonces uno más, hasta que Giovanna finalmente tomó coraje de algún lugar del corazón que ni siquiera ella sabía que existía. Ella se levantó y caminó lenta y cuidadosamente hacia la puerta, pero el temblor intenso que tomaba cuenta de sus manos y sus piernas retrasaba la llegada.

- ¿Adriano? - la voz temblorosa y débil atravesó la puerta y llegó a los oídos del hombre que esperaba ansiosamente abrazarla nuevamente. - ¿De verdad eres tú?

- Soy yo, sí, mi amor - confirmó la voz que tanta falta hacía a los oídos de la chica. - Abre la puerta, por favor, no tengas miedo.

Aún atónita, Giovanna giró lentamente la llave, que tardó mucho tiempo en dar la vuelta completa en el cilindro. La puerta finalmente se abrió, cuando la luz de la sala comenzó a entrar en la habitación donde tantas veces aquella pareja se había amado y hecho planes para el futuro.

Sin que pronunciasen ninguna palabra, los amantes se abrazaron con mucha fuerza después de estar alejados por siglos o, tal vez, milenios. Al mismo tiempo, lágrimas y más lágrimas rodaban por ambos los rostros. La nostalgia de tantos meses de separación, que parecía nunca acabar, finalmente tenía su fin decretado. La soledad y la tristeza estaban para siempre abolidas, extinguidas, exterminadas. Después de tanto sufrimiento, los amantes estaban juntos otra vez.

- ¿Eres tú, mi amor? - preguntó la rubia mientras pasaba las manos por el rostro que, ahora, ella recordaba haber visto cuando su última visita al cementerio. - ¿Eres tú mismo? ¿Tú no eres el fantasma del hombre que yo amo?

- Soy yo, sí, cariño. Siento haberte asustado así, pero yo no sabía qué hacer.

Después de comprobar que el hombre al que estaba abrazada no debería mismo ser un fantasma, Giovanna cerró los ojos llorosos y besó aquella boca que le hacía tanta falta. La sonrisa de antaño le costó salir, pero se mezcló con el beso que parecía jamás volver a suceder.

El hombre vivo, y no muerto, levantó a la chica que ya se consideraba muerta, y no viva, entonces la cargó hasta la cama en la cual ellos se habían amado tantas veces. La almohada que ella misma había usado varias veces para intentar quitarse la vida, o para huir de los problemas, fue puesta a un lado.

El amor se hizo otra vez después de tanto tiempo, y sucedió de la manera tranquila y silenciosa como sólo ellos dos sabían hacer. Contrariando todas las posibilidades, Adriano amó a Giovanna, Giovanna amó a Adriano. El mundo exterior no existía, sólo lo que sucedía dentro de aquella habitación, encima de aquella cama.

Nunca había existido Claudio, ni Cristián, ni miedo, ni angustia, ni soledad, ni tristeza. En aquel momento, ni siquiera la muerte existía. Juntos finalmente, los amantes prometían nunca más separarse. Sin embargo, ellos se olvidaban de que aún existían algunos obstáculos en su camino.

Había llegado el momento en que nada más debería quedar escondido. La verdad necesitaba ser dicha de una vez, tanto por Adriano, como por Giovanna. Si ellos realmente querían estar juntos, la transparencia tenía que prevalecer en aquella novela siempre conflictiva, y fue con este pensamiento que el hombre renacido de las cenizas tomó la iniciativa.

Aún en la cama, la mañana siguiente al encuentro improbable, el empresario contó que ya planeaba fingir la muerte para poder juntar el dinero que disponía al del seguro de vida y finalmente huir de la esposa y del país, llevando Giovanna junto. En los lugares tan soñados, la pareja disfrutaría de los recursos que garantizarían una vida tranquila y sin preocupaciones.

Él explicó que tuvo la oportunidad de hacer realidad el plan la noche en que Claudio disparó los tiros. Con la participación garantizada de Marcos, su fiel amigo, que también llevaría una buena parte del dinero, todo fue facilitado.

- ¿Y los disparos que tú recibiste? - preguntó la chica que escondía la desnudez con una manta. – Yo pensé que tú habías muerto...

Adriano explicó que perdió los sentidos por algún tiempo, pero que las heridas no habían sido muy graves. Tan pronto como fue arrojado a la favela, él se despertó y usó un teléfono público para contactar a Marcos, que salió corriendo de casa y lo llevó al hospital. Después, con la ayuda del doctor Ángelo y de dos enfermeros, cuyo silencio también se lograría con dinero, el hombre herido fue debidamente tratado. Al final del día siguiente, él se refugió en un hotel de una ciudad del interior hasta que se recuperase.

- Un médico de la morgue - contó Adriano al referirse a Euclides - fue el encargado de encontrar un cuerpo que se asemejase al mío.

- ¿Para qué eso?

- Todo tenía que parecer real, querida, o el plan sería fácilmente descubierto.

- ¡Qué horror! - exclamó Giovanna, escandalizada por lo que oía. - ¿Vosotros usaron el cuerpo de una persona para hacerse pasar por el tuyo?

- No había otra alternativa. Fue la única manera que encontramos.

Adriano explicó que el plan había sido detalladamente articulado con mucha antelación. Marcos haría el reconocimiento positivo del cuerpo y, Euclides, la confirmación de su identidad. Todos los hechos acabaron sucediendo según lo previsto, haciendo posible su éxito.

Después de un tiempo, le tocaba a Giovanna explicarse, por lo que comenzó a hablar de la existencia de Claudio. Aun temiendo que su historia con Adriano llegase a tener un fin nuevamente, en virtud de un pasado altamente comprometedor, la chica prefirió arriesgarlo todo - o casi - para entrar limpia en aquella nueva etapa de la vida.

- ¿Tú recuerdas la fiesta en la que nos conocimos, amor? - ella preguntó sin estar segura si debería revelar el secreto. - Un ex novio mío quería que yo me acercase a ti y que nos involucrásemos.

Adriano escuchaba con atención y con perplejidad los relatos de la chica que ahora lo abrazaba. Tratando de no ocultar nada, ella dejó en claro que decidió abandonar el plan cuando lo conoció, pero no pudo deshacerse de Claudio, que amenazó revelar todo, si ella no cooperase. Giovanna tampoco ocultó lo que sentía por él, a pesar de amar al empresario más que cualquier cosa.

- Yo no consigo explicar lo que siento. No pienses que yo no te amo, Adriano, pero algo en él me atrae. Aunque tenga luchado mucho para liberarme, yo no conseguía.

La chica no ocultó, tampoco, el hecho de, hace algunos días, haber vuelto a relacionarse con Claudio. Ella no le dijo, sin embargo, que había hecho el amor con él la noche anterior, alrededor de una hora antes de hacer lo mismo con Adriano. Esto él ciertamente no soportar oír.

- Como has visto, Claudio es violento y peligroso. Nosotros debemos tener mucho cuidado con él.

- Creo que es mejor que él no vuelva a cruzar mi camino, Giovanna. Esta vez, yo estoy preparado para enfrentarlo.

- No digas eso, mi amor... - ella aconsejó, temiendo por más consecuencias desastrosas. - Debemos olvidarnos de ese episodio para evitar más complicaciones.

- No, Giovanna. La próxima vez, será muy diferente.

Giovanna prefirió no tocar más el asunto. Aun teniendo cosas que revelar, ella confesó que se había involucrado con el comisario que investigaba el caso. Omitiendo una pequeña parte de la historia, la chica insistió en subrayar que no hubo sexo entre los dos. Al contrario, dejó claro que sentía un gran cariño por aquel hombre por él ser honesto y sincero, pero que todo no pasaba de un sentimiento de amistad.

Terminadas las confesiones, Adriano dejó bien claro que no estaba nada satisfecho con las historias de la amante. Giovanna se disculpó por lo que hizo o permitió que sucediese, pero se justificó diciendo que, como él había sido declarado muerto, ella no tenía otra alternativa, sino continuar viviendo.

Aunque no hubiese demostrado por causa de los celos, el empresario se vio obligado a concordar con aquellos argumentos. Él sabía que Giovanna ni siquiera podría saber que él aún estaba vivo. Esta era, incluso, una parte importante del plan. Si lo hubiese sabido, la chica podría haber comprometido el buen progreso de las cosas.

- Yo necesito resolver algunos asuntos ahora, amor - habló Adriano al levantarse de la cama caliente. - Creo que sólo volveré mañana para buscarla.

- ¿A dónde vas, Adriano? Yo no quiero estar más lejos de ti. Creo que ya hemos sufrido más de lo que deberíamos.

- Estoy de acuerdo contigo, pero hay algunas cosas pendientes que deben ser resueltas.

Adriano fue bastante evasivo en la respuesta, pero Giovanna prefirió no insistir. Él debería tener mismo muchos asuntos que tratar, gente que ver, cosas que hacer. Vistiendo nuevamente su disfraz, que estaba compuesto por un sombrero y un abrigo, ambos negros, además de una manta gris, él dejó el apartamento.

Extrañando bastante al principio, la chica tardó un poco en entender el motivo de aquellas cosas. Como era considerado muerto, nadie podría reconocerlo, o las cosas ciertamente se complicarían mucho.

Giovanna estuvo muy feliz aquel día. Aún sin estar totalmente acostumbrada al hecho de que Adriano no estaba muerto, la alegría tomaba cuenta de todos sus pensamientos. Mucho más tranquila que antes, ella se veía tarareando todo el tiempo, pareciéndose otra vez a una adolescente enamorada.

Por la noche, sin embargo, casi todo se derrumbó otra vez sobre su cabeza en el momento que Claudio regresó al apartamento. Ahora que Adriano había resurgido, ella necesitaba poner fin a aquella historia. No había la menor posibilidad de conciliar la relación con los dos hombres otra vez y ni ella misma quería continuar con aquella vida.

Sin hablar nada, el ex novio llevaba un periódico debajo del brazo. Abriéndolo a propósito en la página policial, él lo colocó sobre la mesa de la cocina.

- ¡No! - gritó Giovanna, casi derribando en el suelo la taza de té que estaba tomando.

Sentada en una silla alrededor de la mesa, ella leyó agonizante la noticia que decía que Cristián había sido asaltado en el estacionamiento de un shopping y, tal vez por intentar reaccionar, había recibido varios disparos. La nota importante quizás para una sola persona disputaba espacio con otras que reportaban robos y accidentes de tráfico y poco hablaba del incidente. En ningún momento el periódico atribuyó la muerte del policía a algún caso investigado, considerándolo apenas latrocinio.

Asomada sobre el periódico ahora manchado de lágrimas incesantes, Giovanna lloró mucho. Mientras tanto, Claudio asistía a la escena con su natural frialdad. El hombre insensible no se conmovería con el llanto de la joven. Nada lo perturbaba.

- ¿Fuiste tú quien lo mató, monstruo? - Giovanna preguntó al levantar los ojos rojos y demostrar toda la indignación que sentía.

- No fui yo, no, pero no voy a decir que no me faltaban motivos y ni ganas de acabar con ese tipo.

- ¡No mientas, cobarde! Nosotros no podemos continuar juntos. ¡Se acabó!

- ¿Por qué se acabó? - él burló con otra sonrisa sarcástica. - ¿Quieres decir que tú ya no me deseas, Giovanna?

- ¡No, yo no quiero nada más contigo!

- Ay, gata... - insistió Claudio al poner una mano sobre la de ella. - ¿Tú sabes que no puedes vivir lejos de mí, no sabes?

- ¡Quítame la mano de encima! ¡Yo quiero que te vayas para siempre, Claudio! ¡Basta!

Claudio se levantó y caminó por la cocina apretada como si estuviese preocupado por la terminación del relacionamiento. Mientras esto, Giovanna volvía a mirar la pequeña foto de la cara del comisario muerto. ¿Cuántas personas más tendrían que morir para que ella finalmente encontrase la felicidad?

Distraída mientras leía y releía la noticia de la muerte de una persona tan decente, ella no se dio cuenta de que su ex novio se acercaba silenciosamente por detrás. Usando una fuerza varias veces mayor que la de la delicada joven, él la agarró y la arrancó de la silla sin ninguna dificultad.

- ¡Suéltame! - gritó Giovanna, que luego fue impedida de continuar, ya que Claudio usaba la otra mano para cerrar su boca.

- ¿Tú estás segura que no me quieres más, cariño? – él preguntó, demostrando una furia pocas veces vista por la chica que no conseguía gritar y ni moverse.

Sin poder responder a la pregunta cuya respuesta era obvia, Giovanna fue arrastrada para fuera de la cocina. La violencia de Claudio derribaba todo lo que encontraba en el camino. Dos sillas, la mesita de centro de la sala y una lámpara que estaba entre el conjunto de sofás, todo lo que estaba delante fue al suelo.

Poco después, la chica indefensa fue arrojada sobre la cama como en tantas otras veces había sido lanzada por aquel mismo hombre, pero de otras maneras. Ahora, sin embargo, el deseo del ex novio venía acompañado de gestos bien diferentes.

Giovanna ni siquiera tuvo tiempo de gritar, aunque la boca se quedó libre de la mano fuerte por algunos momentos. En pocos segundos, aquel hombre saltaba sobre ella y tapaba nuevamente su boca. Esta vez, él usaba los labios, no más la mano.

El beso de Claudio de repente era asqueroso y sólo podría provocar ira y desprecio. Él usaba una fuerza desproporcionada para sostenerla mientras se quitaba las ropas. Poco después, él tomó también las de la rubia.

A veces, Giovanna podría gritar, pero no serviría de nada, ya que ningún vecino aparecería para salvarla o para llamar a la policía. Gritos, gemidos y cosas cayendo al suelo eran bastante comunes en aquella habitación y también lo eran en otras dependencias del apartamento. Siendo siempre muy efusiva, cosas como aquellas no llamarían la atención de nadie.

Después de mucho luchar contra el hombre que insistía en estar encima de su cuerpo, ella desistió de agitarse. En las pocas veces que la boca se libraba de los labios de Claudio, ella ya no gritaba, sólo murmuraba para que él la dejase en paz.

Mientras sostenía brutalmente las manos de Giovanna a la altura de su cabeza, haciendo parecer que ella estaba esposada, Claudio la penetró con la misma violencia que ya venía usando aún en la cocina. Un acto que siempre había causado placer a ella, ahora sólo proporcionaba dolor, repulsión.

Indiferente a cualquier sentimiento que la ex novia pudiese expresar, él se sentía otra vez poderoso. Ejercer dominio sobre alguien o sobre algo siempre lo excitaba, siempre daba vida a aquel hombre repugnante. El salvajismo siempre lo hizo sentirse bien, la brutalidad en el sexo siempre lo atrajo.

Ignorando lo que sucedía sobre la cama en la que había amado a la rubia recientemente, Adriano llegó al apartamento en aquel mismo momento. Al encontrar la puerta de la habitación abierta y varios objetos caídos y rotos, él quedó muy preocupado. El alboroto promovido por Claudio hizo que él se apresurase en llegar a la habitación.

Horrorizado al pararse frente a la puerta, el hombre que no había muerto no conseguía asimilar la escena que se desarrollaba sobre la cama. Giovanna no podría estar teniendo sexo con otro hombre, no después de haber demostrado tanto arrepentimiento en la conversación de aquella mañana. Le tomó algún tiempo para darse cuenta de que la chica no estaba haciendo el amor con Claudio, pero trataba de deshacerse de él.

- ¡Déjala en paz! - empuñando un revólver engatillado, el hombre una vez más traicionado gritó con toda la fuerza que consiguió.

Claudio se volvió rápidamente hacia atrás y se asustó al ver al hombre cuyos tres disparos deberían haber tomado la vida. En aquellos pocos segundos en que intentó razonar, la escena del comerciante traicionado que lo sorprendió durante una relación sexual con la esposa adúltera surgió como un flash en su cerebro afectado. Desarmado en aquella ocasión, el marido baleado cayó delante de su propia cama.

Actuando solo por reflejo, él salió bruscamente de encima del cuerpo desnudo de Giovanna y se arrojó al suelo. Su arma, que en casi todas las oportunidades estaba al lado de la almohada, siempre lista para ser usada, esta vez estaba en el bolsillo de la chaqueta, al lado de las ropas que él mismo había tirado lejos.

En una fracción de segundo, como si fuese un león saltando para devorar a la víctima indefensa en una emboscada, él finalmente alcanzó el revólver. No siempre, sin embargo, las cosas funcionan de la manera esperada, y el león podría no conseguir satisfacer su hambre mortal.

Preparado para una eventual reacción, Adriano fue más rápido que el rival. Con un sentimiento de furia jamás experimentado antes, el empresario apretó varias veces el gatillo de su revólver, descargando una buena cantidad de proyectiles contra su enemigo.

Tal como siempre hacía el hombre ahora baleado, el uso del silenciador fue oportuno. Así, ningún vecino tendría condiciones de oír la ráfaga de balas. La sangre chorreó de varias partes del cuerpo de Claudio e inundó la alfombra beige que estaba al lado de la cama. No le tomaría muchos segundos a él, ahora agonizante, perder la vida insignificante.

Aterrorizada, Giovanna no conseguía moverse. Completamente paralizada, ella temía por la reacción de Adriano por encontrarla en la cama con otro hombre. Cubriendo con una sábana blanca la desnudez ahora vergonzosa, ella comenzaba a temblar y a llorar. La desesperación volvía a apoderarse de la joven, pero aquello era sólo el principio.

- ¿Otra vez, mía querida? - ahora era el turno de Adriano ironizar. A pesar de hablar en voz baja, Giovanna sentía que la furia no había disminuido, mismo después de los varios disparos. - ¿Cuándo terminará esto? ¿Cuándo?

- Él me obligó a hacerlo, Adriano... - la chica rogó tal vez en vano, aunque ni ella misma creyera en aquellas palabras, en lo caso de sorprender a alguien en aquella situación. – Yo no quería, lo juro...

Giovanna vio embrujada que el revólver comenzaba a cambiar de dirección lentamente. Apuntando hasta el momento a Claudio, que no se movía hace algunos instantes, ahora aquella arma mortal estaba volcada contra su cuerpo. Ella se encogió en el rincón de la cama, que estaba apoyada contra la pared.

Era grande el terror psicológico al que la chica estaba siendo sometida. En la cocina, la triste noticia sobre la muerte de Cristián. En su habitación, el cuerpo de Claudio yacía en el suelo. ¿Qué le faltaba a ella? ¿Ser asesinada en su propia cama? La escena dantesca estaría completa si Adriano tirase el periódico sobre el cuerpo desnudo y ensangrentado de la joven, entonces se suicidaría después de quitar la vida del amante.

- No, Adriano... - imploraba ella aún encogida, demostrando un estado psicológico que se acercaba a la locura. - No lo hagas, yo te amo...

- ¿Por qué, Giovanna? - preguntó él, completamente atónito con la escena de sexo que había presenciado hace algunos momentos. Temblando, el recién llegado casi no conseguía mantener el revólver apuntando a la cabeza de la chica desnuda. Luego después él repitió: - ¿Por qué?

- Es a ti a quien quiero, mi amor - susurró ella, llegando al límite entre el equilibrio y la locura. – Yo nunca dejé de amarte, Adriano, aunque creyese que tú estabas muerto.

Giovanna no tenía más fuerzas para hablar, no tenía más condiciones de explicar que había sido forzada a practicar sexo con Claudio. Allí cerca, listo para apretar el gatillo, tal vez Adriano nunca llegase a creer que ella no tenía realmente culpa.

El arma, cuyo cañón permanecía caliente, todavía estaba dirigida a la chica llorando. Callado, su amante continuaba escandalizado con el espectáculo mórbido de infidelidad que acababa de presenciar. Aún en silencio, él volvió a engatillar el revólver.

Aún inmóvil ante la escena horrenda, el dedo índice, bastante tembloroso, comenzó a contraerse lentamente. No era sólo Giovanna, Adriano también había llegado al límite de la tolerancia. Aunque sufriese tanto como la chica que había aprendido a amar hace poco más de un año, él se veía incapaz de admitir tanta traición.

- Perdóname, Adriano, por favor... - Giovanna suplicó aun llorando mucho, tal vez haciéndolo por última vez en la vida. Cerrando los ojos rojos y aguardando el resultado final, ella volvió a pedir: - Perdóname, por favor, yo te amo...

A pesar de toda la revuelta que insistía en dominar los nervios de Adriano por largos y angustiosos instantes, el gatillo no fue apretado. Aunque tuviese una enorme voluntad de vengar su honor, una vez que los celos y el odio se apoderaban de sus sentidos, el hombre varias veces traicionado reflexionó algunos segundos más sobre su vida y sobre su relación con aquella chica desesperada, que estaba visiblemente sacudida.

Teniendo en cuenta su historia, el hombre que permanecía de pie decidió darles otra oportunidad a los dos. El amor que él aún sentía por su amante era infinitamente superior a aquel sentimiento salvaje de venganza. Girando revólver con cuidado hacia el otro lado, él lo colocó en el suelo y se acercó a la cama.

Adriano abrazó a Giovanna con mucha fuerza y juntó sus lágrimas a las que la joven no conseguía parar de derramar hace varios minutos. Después del largo abrazo, él secó aquellas gotas del rostro de la chica, después también las suyas. Las manos y piernas de ambos aún temblaban mucho, pero se fueron calmando poco a poco.

- Nosotros tenemos que huir inmediatamente, Giovanna – él habló después de besar la boca de la chica que aún no había recobrado la calma. - No tenemos nada más que hacer aquí.

- ¿Huir a dónde, mi amor? ¿Y de qué manera?

- No te preocupes, cariño, ya lo arreglé todo.

Adriano miró a Claudio, que permanecía inmóvil en el lugar donde había intentado coger su arma. Sin mostrar ninguna compasión por la vida que había tomado hace algunos minutos, él imitó al hombre muerto cuando estaba en la mansión y usó una sábana para cubrir su cuerpo sin ropas y sin vida. Estaba acabada una vana existencia, que ciertamente no dejaría nostalgia en nadie.

Aconsejada por Adriano, Giovanna se apresuró a empacar una maleta y una pequeña bolsa, en la que sólo debería poner algunas ropas y objetos de uso personal. Dos motivos hacían que no hubiese mucho tiempo que perder. El primero era el cuerpo de Claudio, cuya presencia molestaba tanto como si estuviese vivo. El segundo, y principal, era el amor que ellos sentían y que necesitaban urgentemente cultivar.

Incluso con más errores que aciertos, la pareja huyó inmediatamente del país. Una playa cualquiera entre las tantas soñadas antaño sería el escenario de un amor que logró resistir a tragedias, muertes, traiciones y tantas otras dificultades. Con el perdón mutuo, el pasado finalmente quedaba atrás. Sus marcas, aunque bastante profundas, necesitaban ser olvidadas - y lo serían en breve.

Tal vez ahora acabasen las pesadillas llenas de monstruos y de muerte que siempre perseguían a Giovanna. Tal vez ellas fuesen reemplazadas por sueños tranquilos, llenos de flores, de amor y de armonía. Había terminado toda la tortura y toda la tristeza que ella, así como Adriano, había sentido en los últimos tiempos.

Bien guardado en un banco en el exterior, el dinero que ocasionó tantas muertes y disputas ahora serviría para concretar los sueños de las personas que, a partir de aquel momento, no se consideraban más meros amantes.

Alejados de todo y de todos, Giovanna y Adriano ahora tendrían la posibilidad tan deseada de amarse en paz.

Fin

www.ingramcontent.com/pod-product-compliance
Lightning Source LLC
Chambersburg PA
CBHW061305120726
48001CB00001B/490